KB003713

순간의 순간들

감승민 기록 에세이

프롤로그

이 책은 10년 전 배우의 꿈을 꾸며 집착처럼 써 내려간 글이다. 가진 열정에 비해 기회가 적어 스스로를 잉여 인간이라 자각함과 동시에 그에서 벗어나고자 이 글을 썼다. 누군가 불러주지 않으면 쓰임을 다 할 수 없었기에 자발적으로 할 수 있는 유일한 활동이 글쓰기라 생각했던 것이다. 당시엔 이 글이 언젠가 누군가에게 닿길 바랐지만, 이런저런 이유로 잊힌 채 노랗게 바랜 외장 하드에 잠들어 있었다.

그렇게 세월이 흘러 10년이 지난 현재. 무던히도 서점을 드나들었던 그때를 떠올려 보았다. 서점만이 가진 특유의 공기와 정적은 당시에 느꼈던 좌절과 들끓는 감정들로 인한 마음을 차분히 가라앉히는 데 최적이었다. 다만 아쉬웠던 점은 책 대부분이 이미 많은 것을 이룬 분들의 책이라는 것이었다. 이 세상엔 목표를 이룬 사람보다 그렇지 않은 사람이 더 많을 텐데. 불확실한 상태의 나와 닮은 누군가의 글을 읽고 싶었던 터라 결국 아쉬운 마음을 다독이며 발길을 돌려야 했고, 이내 나와 비슷한 상황에 놓여있을 이들에게 내 이야기를 전하고자 10년 전의 글에 지금의 시선을 더하여 출판을 결심했다.

글을 정리하며 보니 그때의 나는 배우로서의 삶에 집중했다. 기회가 없는 현실에 좌절하여 고민하기도 했으며, 주변의 관계와 스스로에 대해 많은 생각을 했다. 그리고 지금의 나를 보았다.

'지금의 나는 10년 전의 그때와 얼마만큼 달라져 있을까?'

형태 면에서 본다면 우선 부모님으로부터 독립하여 1인 가구로 생활하고 있으며 중학생을 대상으로 영화 수업과 가끔의 특강을 하고 있다. 전과 다르게 연극은 하고 있지 않지만 4편의 단편 영화를 쓰고 연출하였고 출연작들은 상업영화, 드라마, 광고, 독립영화 등으로 10년 전에 비하면 많은 성과가 있었다. 생각해 보면 그때는 상상하지 못한 일들이 벌어진 것인데 지금의 나는 여전히 그때와 같이 만족하지 못한 채 스스로를 탓하고 있다.

내면적인 모습을 10년 전과 비교해 본다면 말할 것도 없이 그때와 동일하거나 어쩌면 더 나빠졌다. 주어진 삶을 자연스럽게 사는 방법을 모르고 여전히 불안해하며 미래를 걱정한다. 불혹이면 세상일에 정신을 빼앗겨 갈팡질팡하거나 판단을 흐리는 일이 없게 된다는

데, 지금의 나는 어찌 된 영문인지 이와는 정반대에 서 있다. 주변을 둘러보면 다들 단단하게 뿌리내려 굳건히 잎사귀를 펼치는 것 같은데 나만 어찌 뿌리도 튼실하게 내리지 못한 채 겨우 자세를 유지하고 있는 기분이다.

근래에 내 일을 잘하고 있는 것인지, 얼마만큼의 확신이 있는 것인지 알 수 없었으나 글을 정리하는 과정을 통해 과거의 모습들을 바라보며 지금의 나를 마주할 수 있음에 감사했고 그때보단 한 뼘은 나아진 스스로의 모습을 발견할 때는 조금의 안도를 했다. 모쪼록 이 페이지를 넘기는 모든 분의 삶에 안온한 평안이 함께하길 소망하며, 지금부터 나의 부끄러운 과거의 시간들을 복기해 보려 한다.

긴 대사가 불러오는 조급증

2012년 가을.

연기를 시작함과 동시에 20대 때 내가 가장 많이 들었던 말은 단연코 '조급해하지 마.'다. 당장 눈앞에 닥친 일들과 앞으로의 계획들이 한데 어우러져 가슴속을 꽉 채울 때의 느낌을 누구나 한 번쯤은 경험해 본 적 있을 것이다. 나 역시 그런 적이 있다. 말이 뻘라지고 행동이 어수선하며 걱정을 늘어놓고 사는. 그야말로 누가 봐도 조급해 보이는구나, 싶은 상태. 그때의 나는 스스로는 알아차릴 수 없을 정도의 속력으로 빠르게 페달을 밟아 댔다. 남들보다 조금만 더 빠르게 앞서 달리고 싶다는 생각에. 페달을 밟으면 밟을수록 미래의 내 모습이 점차 밝고 선명하게 다가올 것만 같았다.

연기를 처음 시작할 무렵 지하 연습실에서 발음과 발성 훈련을 하고 있을 때였다. 단점을 고쳐 잘하고 싶은 마음에 쉬는 시간에도 벽에 붙어 쉬지 않고 연습하던 나의 모습을 보던 스승님께서 한마디 하셨다.

"너무 조급해하지 마."

대학 시절 무얼 하든 다들 조급해하지 말라고 하니 그 얘기를 듣는 순간 짜증부터 치밀어 올랐다. '그럼 너는? 너는 안 조급해? 왜 나한테만 뭐라 하는 건데.' 왜 사람들은 그런 말을 할 때마다 마치 자신이 선지자 혹은 수행자가 되는 것처럼 거룩하게 말하는지, 정말 견딜 수가 없었다.

'난 그저 나의 일을 할 뿐이라고!'

20대 중반, 선후배들과 앞날을 걱정하며 이런저런 이야기를 하는 술자리에서도 조급해하지 말라는 말은 언제나 내 곁에 찰싹 붙어 다녔고 결국, 난 그 말을 인정하고 말았다.

"그래요. 저 조급합니다. 조급해하지 말라고 해서 그게 마음처럼 되는 게 아니잖아요. 20대 중반에 조급하지 않은 사람이 어디 있습니까. 저 그냥 조급해할래요."

조급함을 밀어내고 부정하니 속에서 부아가 치밀고 화가 났었지만 인정해 버리니 속이 편했다. 말은 그저 말일뿐 달라지는 건 크게 없다고 생각했던 모양이다. 그 이후로도 나는 '조급한 인간'으로 별다른 불편함 없이 잘 지내오고 있다가 다음의 사건으로 인해 '나누고 계획하는 인간'으로 점차 바뀌게 되었다.

*

극단 워크숍 작품에 참여하고 있을 때다. 당시 쪽대본이 나와 다들 마음이 불안한 상태였는데 나는 등장인물 중 대사가 가장 적었기에 비교적 마음 편히 연습에 임하고 있었다. 그러던 어느 날, 연출님은 내게 2장의 A4용지를 건네주셨다. 쓱 훑어봤을 땐 등장인물들의 소개를 글로 써주신 정도라고 생각했는데, 주의 깊게 읽어보니 그 많은 글이 무대 위의 배역들을 소개하는 내 대사였다. 한 페이지 반 분량의 독백. 그것도 공연을 일주일 정도 남기고 말이다. 발등에 불이 떨어졌다. 한번 읽어보라고 해서서 소리 내서 읽어봤는데 말하는 나도, 듣는 사람들도 이게 무슨 말인지 도통 알 수 없을 정도로 내 발음과 호흡은 엉망이었다. 연습이 끝난 뒤 사람들이 자리를 비운 연습실 안. 밤을 새워서라도 외워야 한다는 책임감에 마음먹고 대사를 외우고 있을 무렵, 문득 이런 생각이 들었다.

'이렇게 긴 대사도 잘게 나누면 결국 별거 아니지 않은가?'

아무리 길어도 짧은 대사들의 합이라고 생각한다면, 역으로 짧은 대사들이 모여 장문의 대사로 이루어진 것이라고 한다면 사정은 달라졌다. 통째로 다 외워야 한다는 부담감으로부터 벗어 난 것이다. 거대한 긴 장문의 대사를 통으로 외운다는 생각 대신, 여러 개의 짧은 대사를 외워서 긴 장문의 대사로 완성 시킨다고 생각하니 내 마음에 자유가 찾아왔고 결국, 다음 날 나는 독백을 외워 무사히 연습에 임할 수 있었다.

이 사건이 조급증과 관련이 있느냐고? 당연히 관련이 있다. A4용지 2장 분량을 통째로 받았을 땐 '이걸 다 어떻게 외우지?'라는 생각에 말이 빨라지고 마음이 조급해져 어찌할 바를 몰랐지만, '이건 짧은 대사들의 합이다.'라고 생각한 이후엔 마음의 부담감이 줄어들어 결국 독백 전체를 외울 수 있었으니 말이다.

조급한 마음도 마찬가지이다. 매사에 '조급한 인간'이었던 나는 눈앞에 닥친 일들과 앞으로 해야 할 일들이 마구 섞여 어찌할 바를 모른 채 마음만 급했다. 그렇게 큰 덩어리를 한꺼번에 소화하려고 하니 탈이 났던 것이다. 만약 그 큰 덩어리를 잘게 나누고 계획을 세웠더라면 조급증이라 부르는 거대한 부담감에서 좀 더 일찍 탈출할 수 있었을 텐데.

내 나이 서른. 통장 잔고는 늘 부족하고 내세울 건 배우로서 견뎌온 시간뿐이다. 미래가 불안한 지금이지만, 그나마 '조급하다'라는 말이라도 떼어낼 수 있어 다행이란 생각을 해본다.

지금의 변 <small>2023년 여름.</small>

　조급함, 전혀 조금도 떼어내지 못했다. 당시의 착각이었다. 엘리베이터를 기다리는 나의 모습은 그야말로 조급함 그 자체이다. 한 가지 달라진 점이 있다면 '이런다고 달라질 건 없지.'라는 생각으로 스스로를 바라볼 수 있게 되었다는 정도. 하지만 그때의 경험 이후로 해야 할 큰 덩어리들의 일을 잘게 나누어 천천히 소화시키는 법을 습득했기에, 되도록 주어진 일을 당황하지 않고 계획을 세워 처리하려고 한다.

　열여섯에 배우라는 생각을 품고 지내 대학교를 졸업

하고 이십 대를 맞이한 순간. 눈앞의 세상은 뿌연 안개에 둘러싸여 지금 내가 서 있는 곳과 앞으로 나아가야 하는 길까지 모두 알 수 없는, 그야말로 생존이 목적인 상태였다. 조금이라도 빨리 이 안개의 구간을 벗어나야 무엇을 마주하든 마음이 놓일 것 같다는 생각으로 삶의 페달을 부서지도록 밟았다. 지금 내가 어디에 있는지, 주변의 풍경은 어떤지 알 수 없을 정도로 오로지 앞만 보고 달렸다. 눈앞에 무엇이 보이는지는 중요하지 않았으며 그저 최대한 빠르게 남들보다 먼저 이 구간을 벗어나고만 싶었다. 이런 상태를 아는 주변 사람들은 당연히 조급하게 달리는 나를 멈춰 세우고 쉬었다 가길 바랐지만, 당시 나는 그들의 이야기가 불편하기만 했다. 나를 위한 상대방의 진심이 오히려 달려 나가는 내 등을 붙잡는다고 생각해 뿌리치고 분노했던 것이다.

10년 만에 그때의 나를 보니 안쓰러운 마음이 든다. 잠깐 멈추고 쉬었다 가도 괜찮았는데. 빠르게 먼저 가도 결국 눈앞의 길은 계속된다고 말해주고 싶지만 아마도 그때의 나는 지금의 내 조언을 무시했을 것이다.

삶은 절대 혼자 갈 수 없음을 진심으로 느끼고 있다.

살아오며 관계를 맺었던 많은 사람들에게 의지했고, 앞으로 걸어갈 수 있는 힘을 얻었으며 걸어갈 힘조차 없다고 느껴졌을 땐 그들이 있었기에 적어도 눈을 뜨고 앞을 바라볼 수 있었다.

나도 누군가에게 그러한 존재가 되고 싶다. 쉼이 필요한 이에겐 어깨를 내어주고, 때론 같이 멈춰서 숨을 돌릴 수 있는 온기를 품은 존재. 그러기 위해선 지금의 이 조급함도 내려놓아야 하기에 잠시 멈춰 서서 깊은숨을 내뱉어 본다.

매일 아침 하는 무엇에 관하여

2013년 여름.

눈을 뜬다. 이불을 한쪽으로 젖힌다. 누운 자리에서 윗몸일으키기 30개, 다리 올렸다 내리기 30개, 팔굽혀 펴기 30개. 몸을 일으켜 세워 창문을 활짝 연다. 기분 좋은 아침 햇살과 함께 시원한 바람이 불어온다. 환기는 내가 제일 좋아하는 과정이자 중요시하는 부분이다. 핸드폰으로 피아노곡을 재생한다. 특별히 피아노곡에 애착이 있거나 잘 알아서가 아니다. 여러 장르의 음악을 틀어놓고 아침 일과를 해보았는데 그중 피아노곡이 가장 아침 공기와 잘 맞았기에. 요가 매트를 방의 한가운데에 펼친다. 그 위에서 명상 및 기도를 한다. 그리고 한동안 마음속으로 나 자신을 조용히 바라본다.

무릎을 꿇은 상태에서 목을 뒤로 천천히 젖힌다. 그리곤 앞으로도 숙였다가 이어서 양옆으로도 숙인다. 목이 어느 정도 풀렸다 싶으면 오른쪽으로 8박자에 맞추어 돌렸다가 다시 반대쪽으로 같은 박자에 맞추어 돌리고, 이어 4박자로 고개를 주의 깊게 돌려준다. 그리고 나선 양손을 어깨에 올리고 팔꿈치로 원을 그려준다. 뒤로 10번, 앞으로 10번 음악에 맞추어 천천히. 이어서 왼팔을 하늘로 올리고 팔꿈치를 접은 다음 오른손으로 왼팔의 팔꿈치를 잡고 오른쪽으로 당겨준다. 마찬가지로 반대쪽도 해준다. 이때 양 옆구리의 시원함을 느끼는 것이 포인트다. 이때쯤 되면 목이 또다시 뻣뻣해진다. 그러기에 양쪽으로 목을 가볍게 돌려준 후, 다시 왼팔을 오른팔로 감싸고 가볍게 당겨준다. 고개는 반대 방향인 왼쪽을 향한다. 역시 반대쪽도 같은 과정으로 해준다.

이 정도로 가볍게 스트레칭을 했다면 이젠 다시 일어나서 팔굽혀 펴기를 35개. 이어서 고양이 자세로 허리를 스트레칭해 주고 곧바로 팔을 좁혀서 팔굽혀 펴기

15개. 그리고 마찬가지로 고양이 자세. 다음에는 윗몸 일으키기 50개, 누운 상태로 다리 올렸다 내리기 50개를 하고 일어나서 허리를 양방향으로 돌리면 간단한 아침 스트레칭 및 운동이 끝난다.

이어 양반다리로 앉아 입을 조금 벌린 상태에서 귀밑의 양턱이 벌어지는 지점을 가볍게 마사지해 준다. 그리곤 입을 위아래로 크게 벌린 상태로 수 초간 버틴 후 입을 다물고 다시 양옆으로 크게 벌려 마찬가지로 수 초간 버틴다. 이어서 입을 오른쪽과 왼쪽으로 번갈아 돌려주며 턱과 뺨의 긴장을 풀어준다. 그다음엔 코를 중심으로 안면부를 모아준다는 느낌으로 찡그렸다가 반대로 확장시킨다. 그러기를 수차례. 이번엔 혀로 이와 잇몸을 마사지해 준다는 느낌으로 오른쪽으로 10번 왼쪽으로 10번. 다시 오른쪽으로 5번 왼쪽으로 5번. 혀가 풀린다는 느낌이 들 때까지 반복해서 돌려준다. 혀를 푸는 과정은 더 정교하지만 설명이 길어지므로 넘어가기로 한다. 그 후 간단한 소리 체크를 해본 다음 '아, 에, 이, 오, 우'를 거울을 보며 소리 내어 발음해 본다. 이때 중요한 지점은 입 모양과 소리인데, 세심한 주의를 기울이도록 한다.

이 과정이 끝나면 책을 소리 내어 정확한 발음으로 읽어본다. 이때 읽는 책은 주로 발음 연습과 함께 마음을 다스릴 수 있는 책이다. 현재는 파울로 코엘료의 『흐르는 강물처럼』을 읽고 있으며 목차의 순서대로 하나씩 선정해 2번 반복해서 정확한 발음으로 소리 내어 읽는다. 그리고 마무리로 독백 훈련. 이는 하루에 한 개씩 다양한 감정으로 해본다. 이 모든 과정을 끝내고서야 허기가 찾아와 간단하게 아침밥을 먹는다. 이후 방으로 돌아와 스케줄 북을 펼쳐 그날의 일정과 아침에 한 일을 기록하고, 뒤 페이지에는 소리 내어 읽었던 구절 중 감명 깊은 구절을 오늘 날짜와 함께 기록한다. 그러면 대강의 아침 일과가 끝나는 셈이다. 별다른 일이 없으면 그 후엔 차를 마시며 글을 쓰는 편이다.

글로 아침의 일과를 적어보니 복잡하고 어려워 보이지만 실제로 해보면 그리 어려운 동작들은 아니며, 총 소요 시간은 약 한 시간 정도이다.

위에서 열거한 아침의 행동들은 매뉴얼이 나와 있는 것이 아닌 그동안 배우 훈련을 하면서 자연스레 몸으로 익힌 것들로, 지극히 나를 위해 고안한 순서들이다. 아마 다른 배우들은 여타의 개인적인 방법들로 몸을 풀 것이며 이에 대한 순서나 방법의 옳고 그름은 없다고 생각한다. 연기를 하면서 턱으로 인한 어려움이 있거나 혀로 인해 어려움을 겪는 등 제각기 부족한 것에 중점을 두어 개별적인 훈련을 한다고 생각하기 때문이다. 물론 세부적으로 효과적인 방법들이 있다면 배우고 실천하는 것이 좋다고 생각한다.

'배우는 군인 못지않게 철저한 규율을 지켜야 한다.' 라고 19세기 연극 연출가 스타니슬랍스키는 말했다. 이 말은 그만큼 자신만의 방법으로 배우 훈련에 매진해야 한다는 의미일 것이다. 연극을 처음 시작했을 때부터 지금까지 아침의 훈련들이 늘 같았던 것은 아니다. 처음에는 단출하게 시작하여 지금의 과정이 정착되었을 뿐.

마트 직원이 아침에 출근하여 가게 문을 열고 물품을 정리하는 일련의 과정과 마찬가지로 배우들 역시 그러한 과정을 하는 것이라 생각하면 이해가 쉬울 것이다. 물론 일상의 루틴은 배우의 성향마다 다르기에 '배우들은 아침마다 무엇을 한다'라기 보다는 '배우는 자신을 위한 무엇을 언제고 한다'라는 표현이 더 좋을 것 같다.

난 이렇게 아침마다(솔직히 말하면 술을 많이 마신 다음 날은 못 하는 경우도 있다. 또, 일요일은 휴무로 정해서 쉬는 편이다) 이러한 무언가를 하는 편이다. 배우로서의 당연한 훈련이라고 했지만, 실은 그보다 이렇게라도 하고 나면 마음이 조금이나마 가벼워지기 때문이다. 주위 사람들은 바쁘게 하루를 시작하는 것에 반해, 나는 홀로 집에서 시간을 보내야 하기에 이러한 루틴이라도 지켜야 했다. 당장의 스케줄은 없지만 배우임을 자각하며 하는 일련의 행위를 통해 작은 성취감을 느끼기 위함이랄까. 이러한 매일의 일과가 없다면 스스로 무너져 내리는 건 한순간임을 잘 알기에 나를 묶어두는 제어기 역할이 필요한 것인지도.

오늘도 나만의 아침 일과를 끝내고 이렇게 노트북 앞에 앉아 글을 쓰고 있다. '오늘 하루도 즐겁고 알차게 보내고 있어.'라는 자기최면과 함께. 매일같이 듣는 피아노곡이 오늘따라 더욱 친숙하게 들린다.

지금의 변 2023년 여름.

10년이 지난 지금의 아침 풍경은 조금 다르다. 일어나서 청소기를 돌리고 침구류를 턴다. 그리곤 냉장고를 열어 간단하게 아침밥을 조리해서 먹는다. 여기까지는 첫 이사 이후로 지금까지 한 번도 거르지 않고 꾸준하게 해온 아침 루틴이다. 현재는 피아노곡 대신 클래식 라디오를 듣는다. 내가 즐겨듣는 라디오는 FM 93.1 이재후 아나운서의 〈출발 FM과 함께〉이다. 아침 7시, 아나운서의 따뜻한 목소리와 함께 시작하는 클래식 방송은 산등성의 바람처럼 편안함을 전해준다. 종종 마음이 무겁거나 혼란스러울 때는 청취자의 사연에 공감하며 위로를 얻기도 한다.

　일련의 배우 훈련은 간헐적으로 하고 있다. 그때보
다 해야 할 일이 더 많아졌기에 매일같이는 어렵다고
생각하고 있지만 실은 더 게을러진 것일 수도.
　촬영이 있기 전후로는 그때부터 해왔던 루틴의 훈련
법을 거의 동일하게 하고 있으며 스트레칭과 운동의 동
작들은 클라이밍 센터에서 운동하기 전 준비 동작에서
주로 하고 있다.

　최근 내가 누구인지에 대한 생각을 많이 한다. 아마
도 배우라는 직업을 유지하기 위해 해왔던 경제 활동들
이 배우로 활동하는 시간보다 많아짐에 따라 느껴지는
허탈함 탓일 테다. 현실 자각이라고 해야 할까. 현재는
학교에 수업을 출강하는 강사이자, 간헐적으로 찾아오
는 배역을 맡은 배우. 그보다 더 적은 횟수로 쓰고 만드
는 영화의 감독이자 글을 쓰는 작가이다.

　'나는 과연 무엇이 되고 싶었을까?'

　일상에서 할애하는 시간을 살펴보면 그 사람이 누구

인지 알 수 있다고 하던데, 누군가 지금의 내 일상을 바라본다면 도통 내가 어떤 일을 하는 사람인지 유추할 수 없을 것이다. 무언가를 보고, 생각하고, 멍한 상태로 있는 시간이 내 일상의 대부분이기에 아마도 특별한 직업을 갖고 있지 않은 사람으로 인식되지 않을까 싶다. 더군다나 나부터도 언제부턴가 스스로의 직업에 대해 자신 있게 말하지 못하고 있다.

"내 직업은 배우다."라고.

지금의 나이에 걸맞은 대단한 성과를 내지 못한 스스로가 부끄러웠나 보다. 지금도 여전히 생각 중이다. 나는 누구이고 무엇을 향해 가는 것일까.

글쓰기의 시작점

2013년 여름.

    내 직업은 배우. 정확히 말하자면 2001년도부터 연기를 시작하였고 군 복무 중이었던 2005년 2월 14일부터 2007년 2월 13을 제외한 지금까지 연기를 단 한 번도 쉬어본 적 없다. 아직 일반 사람들은 잘 모르지만(같은 작업을 했던 사람들끼리만 서로 알고 있다) 어쨌든 내 직업은 배우이다. 이러한 내가 무대나 카메라 앞에 있지 않고 어떻게 해서 글을 쓰게 되었는가 하면, 우선 난 집에 있는 시간이 많다. 배우로서 작품에 참여하는 날이 일 년 중 손에 꼽기 때문이다. 그렇다면 차라리 나가서 돈을 벌면 어떻겠느냐고 묻는 사람들에겐 이 책에 담겨 있는 글 「40만 원」을 읽어보시길 권하고 싶다.

　몇 달 전. 아는 동생을 끌어들여 길거리에서 시작한 옷 장사를 일단락하고 책상 앞에 앉아 곰곰이 생각해 보았다. 연기를 할 수 있는 시간을 제하고 주어진 이 많은 시간을 어떻게 하면 잘 보낼 수 있을까 하고. 그리곤 이면지에 두 가지의 옵션을 적었다. 하나는 도전적으로 시작한 길거리에서의 옷 장사에 박차를 가하는 것이며 다른 하나는 글쓰기이다. 옷 장사는 그동안의 매출로 봤을 때 생각보다 괜찮은 용돈벌이로써의 옵션에 당당히 오를만했지만, 글쓰기는 딱히 별다른 이유가 없었다. 그럼에도 불구하고 그 밖의 다른 옵션들은 생각해 보지도 않은 채 며칠 동안 그 두 가지에 대해서만 신중하게 고민해 보았다.

　그 결과 옷 장사는 그간의 경험으로 인해 수월하게 진행할 수 있겠다는 판단과 함께 열심히만 한다면 좋은 결과를 낼 수 있겠다는 확신이 들었다. 그에 비해 글쓰기는 대학 시절 시나리오 몇 편을 과제 형식으로 쓰거나 군대에 있을 때 장편 영화 시나리오를 완성한 것이 전부였다. 따지고 보면 자주 했던 작업이 아닐뿐더러 경제활동에도 도움이 되지 않기에 얻게 되는 것은 아무것도 없다는 결론에 이른 것이다. 어느 누가 봐도 선택의 여지가 없음에도 불구하고 장차 일주일 동안을 고민하였고, 딱히 뭐라고 말할 순 없지만 '글쓰기'라는 항목이 자꾸 빤히 바라보는 것 같은 기분이 들어 결국, 글쓰기의 손을 번쩍 들어주고야 말았다. 한번 선택한 이상 번복은 불가능하다. 이에 관한 특별한 룰은 없지만 왠지 모르게 그렇게 해야 할 것만 같았다.

　이제 나는 주로 집에 있는 시간에 글을 쓰기로 결정했다. 그런데 무엇을 어떻게 써야 하는 건지. 평소 소설과 수필을 즐겨 읽긴 했지만 막상 쓰려하니 막막함에 한숨이 절로 나왔다. 다시 마음을 가다듬고 천천히 생각해 본다. 그러는 동안 시선은 자연스레 책장에 진열되어 있는 책들로 향한다. 현재는 대문호이지만 그분들의 초창기 글도 어쩌면 자신으로부터 출발하지 않았을까 하는 생각이 머릿속에 스친다. 그래, 배우로서 지내온 지금까지의 시간들을 되짚어 보는 성찰의 시간을 갖자. 진솔하게 그간의 세월을 써 내려간다면 이 또한 하나의 배우 훈련이 될 수 있을 것이다. 나름대로 생각을 정리하며 복잡한 심경을 차분하게 가라앉혔다. 그로부터 며칠 뒤 글을 쓰게 된 계기가 우연처럼 찾아왔다. 몇 년 동안 연락이 없었던 알고 지낸 형으로부터 한 통의 문자 메시지가 도착한 것이다.

그렇게 형과의 대화를 끝으로 무언가에 이끌리듯 노트북 앞에 앉아 시간의 흐름도 알아채지 못한 채 첫 번째 글을 써 내려갔다. 그 후로 떠오르는 주제나 생각들을 이면지나 메모장에 기록하였고 잠드는 순간까지도 계속해서 이야기의 소재들이 아른거려 늦은 시간까지 잠 못 들었던 적이 수차례. 난 그만큼 글쓰기에 깊이 빠져들었고 글 쓰는 순간만큼은 진심으로 행복하다고 생각했다. 하지만 안타깝게도 나는 내 성격을 알고 있다. 쉽게 빠져들면 그보다 더 쉽게 질려한다는 것을. 앞으로 나는 얼마만큼의 글을 더 쓸 수 있을까? 그럼에도 불구하고 도전해 보려고 한다. 서른이란 나이. 책임감에서 자유로울 수 없는 나. 하지만 '새로운 일을 두려워하지 않는'이란 구절을 더하여 무엇이든 책임감 있게 도전해 보고 싶다. 현재에도 난 줄기차게 배우로서 도전하고 있지 않은가. 걱정은 땅속 깊은 곳에 묻어버리고 그간의 배우 생활을 하며 겪어왔던 이야기들을 담담하게 풀어 내보려 한다.

지금의 변 2023년 여름.

    프롤로그에서 언급했듯 이 책의 글들은 서른 살 즈음, 인생의 암울했던 시기에 집착적으로 매달리듯 썼던 글이다. 처음 글을 쓴 계기가 되었던 알고 지낸 형은 누구였는지, 어떤 내용의 대화를 나누었는지 기억나진 않지만 아마도 나의 첫 글은 「I like green」으로 추정된다. 스스로의 이야기를 풀어낸다는 건 매 순간 쉽지 않아 문장을 쓰다 지우길 반복하고 있지만, 글을 쓰고 고치며 내적 고요를 느끼기에 지금의 작업도 자기 위로의 일환으로 삼고 있다.

여전히 가느다란 글과의 연계를 놓치지 않고 싶어 핸드폰 메모장을 수시로 열고, 닫으며 순간 느꼈던 생각들을 기록한다. 그러다 보면 슬그머니 10년 전의 그때와 같이 쏟아내듯 글을 쓰고 싶은 충동을 느낀다. 공개하고 싶지 않은 개인적인 이야기이지만 한편으로는 누군가는 봐주었으면 하는 그런 이야기들. 얼핏 잠금장치가 달려 있는 듯하지만 실은 완벽하게 열려 있는 일기장과 같이 누군가 슬며시 봐줬으면 좋겠다는 마음으로 글을 쓰고 있다.

10년 전의 글을 정리하며 지금의 나와 그때의 나를 비교하니 파노라마와 같이 여러 장면이 머릿속에 스치지만, 결국 써두길 잘했다는 생각이 든다. 누구도 기록해주지 않을 그때의 글이 없었더라면 지나온 시간을 세세히 기억할 수 없었을 테니까. 10년 전, 가장 치열하게 살았던 그때 그 시절을 다시 돌아보니 지금은 그때보다 간절함의 색채가 옅어진 것 같아 어쩐지 아쉬운 마음이 든다. 어두웠던 단면보다는 삶을 지속하고자 하는 목표와 의지가 짙었던 그때의 내가 내심 부럽기도 하고. 과연 지금으로부터 10년 뒤에 나는 또 어떤 생각을 하고 있을까. 혹시 지금의 내 모습을 그리워하고 있진 않을까. 문득 그날의 내가 궁금해진다.

40만 원

2013년 여름.

연기를 처음 시작할 당시 스승님은 내게 이렇게 말씀하셨다. "앞으로 서른 살까지 부모님에게 손 벌릴 생각을 해야 한다." 그때 나이 열일곱. 그 말을 들은 난 '에이 설마. 그전에 뭐든 되어 있겠지.'라고 생각했다. 그렇게 시간이 흘러 현재 나이 서른. 상황은 그대로이고 변한 건 부모님의 한숨과 흰 머리뿐. 세상에나. 십여 년의 시간 동안 대체 난 무엇을 했단 말인가? 많은 사람들이 말하는 성공이란 잣대로 잰다면 난 정말 형편없이 제자리걸음이다. 대신 하나 깨달은 것이 있다.

'난 어머니에게 굉장히 의지하며 지내왔다는 것.'

유치원에 다닐 무렵, 집에 혼자 있는 것이 무서워 애타게 엄마를 찾아다녔다. 당시 어머니는 집집마다 돌아다니며 무언가를 파셨던 것 같다. 한참을 헤매다 어느 아파트 5층에서 어머니와 마주치곤 펑펑 울었던 기억. 살짝 열린 낯선 문 앞에서 열심히 무언가를 설명하고 있었던 어머니에게 집에 가자며 막무가내로 떼를 썼다. 갑작스러운 상황에 난감해하시던 어머니는 서둘러 나를 달래어 집으로 돌려보내셨다. 그리곤 한참 뒤, 일을 마치고 집에 돌아오셔서 꼭 안아주시는 어머니의 품속에서 나는 한참을 울어댔다.

초등학교 시절. 어머니는 농수산물센터에서 배추를 다듬어 파셨다. 난 썩은 배추 냄새를 맡으며 일하시는 어머니와 마주치고 싶지 않아 그곳에 가기를 꺼렸다. 아이들끼리 삼삼오오 몰려다닐 때면 어쩔 수 없이 그곳을 지나쳐야 했는데, 그럴 때면 어머니의 걱정보단 '혹시 용돈을 받을 수 있지 않을까.'라는 마음이 앞섰다. 주변을 맴돌다가 결국 어머니와 마주치면 어머니는 환한 미소를 띠며 반가워하셨지만 난 퉁명스럽게 "만 원만."

이라는 말만을 했을 뿐이다.

    중, 고등학교 시절 어머니는 집에서 한참 떨어진 용인 양지라는 지역에서 핸드폰을 조립하는 공장에 다니셨다. 그 시점에 난 처음으로 어머니께 연기가 하고 싶다고 말씀드렸고 말없이 듣던 어머니는 힘껏 밀어줄 테니 열심히 해보라 격려해 주셨다. 예체능계를 선택한 아이들은 보통의 학생보다 돈이 더 많이 들었다. 연기 레슨비와 왕복하는 서울의 차비, 식대 및 부수적으로 들어가는 돈까지. 어머니는 힘들다는 한마디의 말씀도 없이 묵묵히 나의 연기 활동을 지원해 주셨다. 처음엔 감사한 마음에 가슴속이 뜨거웠지만, 시간이 지나자 점차 당연한 일이 되어버렸다. 결국 어머니의 힘듦은 안중에도 없고 잘하고 있느냐는 질문에 짜증을 내는 일이 빈번했다. 그렇게 감사함을 잊고 지내는 나날들이 길어질 무렵, 어머니는 특유의 성실함으로 그 당시 현장을 책임지는 직책까지 맡게 되셨고 나는 나날이 어머니의 등에 붙어 어머니의 피를 아무런 죄책감 없이 빨아먹었다.

    고3 수능이 끝난 후, 붙으리라 생각했던 대입의 실패

로 재수를 결심하고 입시학원에 다녔었는데, 그때 어머니의 어깨는 짓눌리다 못해 짓이겨져 있었을 것이다. 학원비, 연기 레슨비, 교통비, 식비 등 당시에 들어간 돈은 공무원 아버지와 공장에 다니시는 어머니가 감당하기엔 너무도 큰 액수였다. 하지만 난 그 속사정을 알면서도 외면했다. 철없이 친구들과 몰려다니며 부모님의 피땀 어린 돈으로 술을 마시고 좋은 옷을 사며 그렇게 자신만을 가꿨다. 주변은 어떻게 되든 상관없이 철저히 자신만을 생각하는 금수만도 못한 철면피가 되어갔다.

대학에 합격한 뒤에도 달라지는 건 없었다.

어머니에게 매달 25만 원의 방값과 핸드폰 요금, 차비를 제외한 용돈 40만 원을 지원받았고 주위 잘 사는 친구들과 같이 어려움을 모르고 연극에만 빠져 마치 대단한 예술을 하는 것마냥 현실을 외면했다. 우르르 몰려다니며 한가롭게 커피를 즐겼고 연습이 끝나고는 선후배와 술을 마시며 세상은 내 편이 아니라고 오만방자하게 떠들어대며 신선놀음을 하였다.

그러던 어느 날. 어머니는 갑작스럽게 다니던 직장에서 정리해고를 당하셨다. 그로 인해 나는 어머니로

부터 더 이상 아무런 지원도 받을 수 없게 되었다. 당황
스러운 눈으로 어머니를 바라보았지만 돌아오는 건 파
트타임을 해보라는 어머니의 건조한 말뿐이었다. 철이
없게도 나는 어머니가 하루빨리 복직되길 간절히 바랐
다. 어머니가 그곳에서 느끼셨을 비참함과 고됨은 안중
에도 없었고 단지 내가 처한 현실의 불편함만이 커다랗
게 다가온 것이다.

주머니에 천 원 한 장 없이 집에만 있던 시절. 친구
의 연락을 받고 나가야 했는데 돈 문제로 어머니와 마
찰이 있었다. 화를 내며 현관문을 닫고 엘리베이터를
기다리고 있는데 집 안에서 나를 부르는 어머니의 목
소리가 들렸다. 그래도 외면할 수 없어 문을 열어 왜 불
렀느냐 소리쳤더니 어머니는 차분히 가라앉은 목소리
로 말씀하셨다.

"돈은 있어?"
"필요 없어."
"그래도 남자가 지갑에 돈 없이 다니는 거 아니야."

그렇게 어머닌 구겨진 만 원을 억지로 내 손에 쥐여

주셨다.

그 이후 지금까지도 나는 어머니에게 용돈을 받고 있다. 금액은 줄었지만 어머니가 피땀 흘려 번 돈을 갈취하고 있다는 사실엔 변함이 없다.

현재 어머니는 사업을 하시며 누구보다 열심히 지내고 계신다. 매일같이 핸드백 대신 무거운 책가방과 여러 물품을 들고 나르시고 집에선 강의를 들으시며 책을 손에서 놓지 않으신다. 그 와중에 집안일까지 꼼꼼히 하시는 어머니. 불쑥 어머니로부터 이런 문자들을 받을 때도 있다.

"아들아. 넌 할 수 있어. 어제 TV를 보았는데 걔보다 네가 훨씬 낫더라."

"아들, 프로필 사진 찍은 건 어떻게 되었니? 아들 올해 운이 최고로 좋대. 열심히 하니까 꼭 잘될 거야."

"아들아, 네 이름의 이니셜이 KSM이잖아? KBS, SBS, MBC 삼사를 품고 있네? 꼭 잘될 거야, 아들."

"그래, 뭘 하든 열심히만 해. 엄마가 빚을 내더라도 밀어줄 테니까 한번 할 때 제대로 해. 알았지. 아들?"

　매일 아침 소녀처럼 콧노래를 부르시며 음식을 만드시는 어머니. 이렇게 글로 정리해 보니 난 생각보다 더 형편없는 사람이란 생각에 죄책감이 든다. 뭐 그리 대단한 일을 한다고 예민해져서는 어머니에게 독 있는 말만 했을까? 한없이 품어주시니 감사한 줄을 몰랐다. 있는 힘껏 도와주시니 당연한 줄만 알았다. 내 배만 불렀지, 집안이 기울고 있다는 사실은 인지하지 못했다. 돈 아까운 줄 모르고 술값이다, 뭐다 펑펑 기분대로 써재꼈다. 기약 없는 미래를 담보삼아 앞으로 얼마나 더 어머니에게 의지하며 속을 상하게 할지 마음이 먹먹하다.
　수많은 오디션을 보고 있는 상황. 합격 후 촬영 스케줄이 언제 잡힐지 알 수 없기에 시간이 정해진 파트타임은 할 수 없어 미루고 있는 현실. 배우로서 쌓아온 시간이 무색해질까 두려워 고민만 하다 또 한 번 이기적인 선택을 했다.
　돈은 좀 덜 되지만 연기를 처음 시작하는 친구들을 위한 연기 레슨을 시작한 것. 어머니를 생각하면 당장 그만두고 어떤 일이라도 해야 하지만, 배우로서의 길을 포기할 수 없기에 미약한 움직임으로나마 자기 위안을 삼으며 오늘도 어머니의 등 뒤에 숨어 하루하루를 연명하고 있다.

배우는 하루아침에 만들어지는 인스턴트가 아니다. 오랜 시간을 걸쳐 성실히 안과 밖을 수행하는 과정을 통해 사람들과 진실로 소통하고 싶다. 그로 인해 나의 부모님과 주위 사람을 지키며 살아가고 싶다. 진실이 통한다는 사실을 정공법으로 증명하고 싶다.

'나는 왜 배우가 되고 싶은가'에 대한 물음에 위와 같은 문장으로 정의를 내리며 살아왔지만, 실은 이 한 줄의 문장으로도 대답은 충분하다.

그동안 피땀 흘려 고생하신 부모님을 위하여 최선을 다할 것이다.

나의 최선을 부모님의 희생에 비할 수는 없겠지만, 적어도 할 수 있는 일들을 미루지 않고 성실히 해나가며 그간의 삶에 보답해드리고 싶다.

지금의 변 2023년 여름.

지금의 나이 마흔. 독립하여 부모님과 떨어져 지낸 지는 1년 차. 어머니는 지금도 변함없이 퉁명스럽게 대하는 나를 따스하게 맞아주신다. 그때나 지금이나 부모님이 주신 사랑에 털끝만큼도 되돌려주지 않는 나. 참으로 한심하다. 어쩜 그리도 자신만을 생각하는지. 지금도 그때와 별반 다르지 않은 내 모습에 마음이 쓸쓸해진다. 언제쯤 주신 사랑을 돌려드릴 수 있을까.

대학 시절 정리해고를 당하신 어머니께서 내게 처음으로 파트타임을 권유하셨던 날을 어렴풋이 기억한다.

무기력한 눈으로 다른 곳을 응시하며 말씀하시던 어머니의 모습. 그 당시에는 왜 어머니의 아픔이 보이지 않았을까. 어머니를 위로하진 못할망정 그러면 나는 어떻게 하냐고 투덜거리던 나. 과거로 돌아간다면 그때의 나에게 나는 무슨 말을 할 수 있을까.

현재는 중학생을 대상으로 영화 수업을 하고 있다. 물론 연기 활동도 병행 중이다. 수입은 10년 전의 그때보다 괜찮은 편이지만 부모님을 대하는 나의 모습은 그때나 지금이나 한결같이 형편없다. 작은 일부터 실천해보자며 이모티콘을 넣어 어머니께 문자를 보내본 적도 있지만 이내 겸연쩍어 단답형으로 마무리했다. 통화 또한 마찬가지다. 부드럽게 받아봐야지 마음먹지만 나도모르게 내뱉는 첫 단어는 "어. 왜?"이다. 그 후로도 이어지는 퉁명스러운 말투들의 연속. 어쩜 이리도 못되게 구는 자식에게 부모님은 한결같이 다정하신 걸까.

오늘도 반찬을 주신다며 집에 오신 어머니는 차에서한 꾸러미의 반찬을 꺼내 건네주시곤 서둘러 길을 나서신다. 전에는 느끼지 못했는데 오늘에서야 보니 어머니의 뒷모습이 조금 더 작아져 보인다. 나에게도 시간이

유한하다는 걸 알고 있기에 어렵더라도 천천히 그간의 감사함을 갚아나가자고, 부모님이 주신 사랑을 당연하게 느껴왔던 그동안의 마음을 다잡아본다.

처럼

2013년 여름.

선발로 출전되기 위해 홀로 구장에서 땀 흘리는 축
구 선수처럼.

혼신의 힘을 다해 자신을 담금질하는 수건을 뒤집어
쓴 복서처럼.

자신의 한계를 넘어 정신력으로 이겨내는 길 위의 마
라토너처럼.

청중의 중압감을 뚫고 무대로 힘차게 뛰어오르는 무
용수처럼.

그토록 잡고 싶었던 흉악범을 눈앞에서 대적한 강력
반 형사의 눈빛처럼.

뜨겁게 타오르는 불길을 진압하기 위해 소방호스를 부여잡은 소방관의 두 손처럼.

보이지 않는 이미지와 끝없는 사투를 벌이는 돌 앞에 선 조각가의 눈빛처럼.

취업을 위해 책상에서 악착같은 버티기를 하고 있는 취업 준비생의 굳게 다문 입술처럼.

기회를 위해 매일 거울 앞에서 자신과 마주하는 연습생처럼.

가족을 위해 책임감을 짊어지고 바쁘게 걸음을 재촉하는 가장의 어깨처럼.

자식 잘됨을 위해 간절히 기도하는 어머니의 마음처럼.

이 모든 '처럼'과 마주할 때마다 불타오르는 나의 첫 번째 의지.

약간의 시련에도 쉽사리 무너시는 나의 두 번째 의지.

자신의 한계 극복을 소리 높여 외치고 마음을 부여잡는 나의 세 번째 의지.

자기 합리화로 쉽사리 무너지고 마는 나의 네 번째 의지.

이를 수없이 반복하는 '나의 의지'의 정체는 정녕 뭐
란 말인가.

지금의 변 2023년 여름.

    시간이 흘러 앞서 쓴 글을 보니 민망하지만, 이 모습 또한 그 시절 나의 한 부분이라 생각하며 받아들이기로 했다. 그때나 지금이나 동기부여 없이 움직인다는 건 쉽지 않다. 하지만 막상 무언가를 하려고 했으나 밑천이 바닥나서 어쩔 줄 몰라 했을 때가 있었기에, 당황하지 않기 위해서라도 조금씩 뭐든 해보려고 하는 편이다.

    지금도 가끔 TV에서 하는 오디션 프로그램을 볼 때면 마음속에 느슨하게 풀어져 있던 의지라는 감정이 움

찔거린다. 하지만 그때뿐. 뒤돌아서면 한껏 뿜어대던 아드레날린은 금방 숨이 죽고 나는 또다시 휴면상태가 된다. 스스로를 움직이는 동력의 모터가 낡고 기력이 쇠했는지 예전과 같은 출력을 내지 않음을 몇 년 전부터 느끼고 있다. 나를 움직이게 하는 것은 무엇일까?

　'버스를 타고 서울로 향하는 길 무언가를 떠올리곤 스마트폰 메모장에 정신없이 기록한다.'

　그리고 보면 이 짧은 메모가 나를 움직이게 만드는 동력이 아닐까 싶다. 음악을 들으며 조용히 앉아있는 버스 안에서 갑자기 머릿속에 무언가 빠르게 스쳐 지나갈 때. 이를 놓치면 두 번 다시 기회가 없다는 걸 잘 알기에 조금이라도 놓칠세라 빠르게 적어둔다. 이때 적어둔 내용들은 영화의 소재, 구매 시기를 놓쳐버린 생필품, 해야 할 일 등 다양하다. 이렇게 적어두면 마음으로만 의지를 다잡던 일들을 실행에 옮길 확률이 상당히 높아진다. 적어둔 한 줄의 소재는 시놉시스가 되기도 하고, 정작 필요하지만 없어서 매번 아쉬웠던 물건들을 내 손에 쥐여주기도 한다. 그러니 어쩌면 나의 의지의 동력은 내 마음 깊은 곳이 아닌, 스마트폰 메모장으로부터 나오는지도 모르겠다.

Lesson

2011년 겨울.

크리스마스를 앞둔 12월 중순. 극단의 연극 공연을 위해 생에 첫 해외를 갔었던 벨라루스 민스크에서 만난 동생의 전화를 받았다.

"그때 만난 친구 중 한 명이 연기를 배우고 싶어 하는데 오빠 생각이 나서요."

당시의 나는 배우가 아닌 연극 공연의 조명 오퍼레이터로 참여했었기에 '다른 형들도 아닌 왜 나에게 이런 말을 하지?'라는 생각이 잠시 스쳤지만, 우선 그 친구를 한번 만나보기로 했다. 커피숍에서의 만남. 약속 장소에 나타난 그 친구의 모습을 찬찬히 살펴보니 민스크에서 만난 기억이 어렴풋이 떠올랐다. "왜 연기를 배우려하니?"라는 내 질문에 그 친구는 쏟아내듯 여러 이야기를 풀어내었고 눈빛과 말투에서 간절함을 느낄 수 있었다. 결론은 '뮤지컬을 하고 싶다. 성악 레슨을 받고 있지만 연기 레슨을 받을 곳이 마땅치 않아 연락드렸다. 꼭 좀 알려주셨으면 한다.'였고 난 갈등 끝에 그녀의 부탁을 받아들였다.

갈등의 이유

1. 나도 부족한데 내가 지금 누굴 가르치나.

수락의 이유

1. 아르바이트를 하지 않아 돈이 필요한 시기다.
2. 극단의 작품 스케줄이 몇 달간 비어 있어 시간이 남는다.
3. 간절함에 쉽게 거절할 수 없다.

스스로 가르칠 자격이 있는지에 대한 의구심과 내 수업이 이 친구의 인생에 어떠한 영향을 끼칠지도 모른다는 생각에 꽤 긴 시간 고민하였고, 결국 쉽지 않은 결정을 내린 것이다.

한 사람의 인생에 다른 사람이 나타나는 것은 누구에게나 커다란 사건이다. 수평으로 그어진 인생의 그래프에 다른 사람이 나타남으로써 그 순간, 그 지점에 빨간 마크가 생기는 것. 그렇게 과거와 현재는 분리된다. '그 이후로부터의 길'은 더 이상 과거의 길이 아니다. 전혀 다른 길, 좋을지, 나쁠지, 어떨지 예상할 수 없는 미지의 길이다. 안타깝게도 판단은 그 사람과의 인연이 다했을 때 알 수 있다. 어쨌든 오랜 고민 끝에 나는 이 수업의 방향을 아래와 같이 정리했다.

'내가 지금까지 가르침을 받고 경험한 것들을 잘 전달하며, 최대한 근거 있는 조언을 해주자.'

첫 레슨이 시작된 이후로 지금까지 꾸준히 레슨을 이어가고 있다. 시작 전에는 상대방에게 끼칠 영향에 대해서만 걱정했었는데 시작과 동시에 나 역시 그 친구로 인해 영향을 받고 있다는 걸 깨달았다. 그 친구를 보며 나태한 나를 돌아보게 되었고 그 친구가 하는 연기를 바라보며 내가 하고 있는 연기의 방향성을 생각해보게 되었으니 말이다. 참으로 어리석었다. 아니 오만했다. 내가 그 친구보다 위에 있다고 생각하며 그 친구의 인생을 걱정했다. 내가 받을 영향 따위는 처음부터 고민 대상에 없었다. 내가 그 친구를 만나지 않았다면 스스로를 돌아볼 수 있는 기회가 주어졌을까? 한 사람의 인생에 다른 사람이 나타난다는 건, 과거에는 없었던 새로운 길이 또 한 번 펼쳐지는 것임을 다시금 깨닫는 순간이다. 나 또한 그 길이 좋을지, 나쁠지 알 수 없지만 뭐 어쩔 수 없지 않은가. 어쨌든 상대방 역시 같은 영향을 받고 있으니 그저 올바른 에너지를 전달하는 것에 집중하는 수밖에.

현재 레슨 생은 두 명으로 늘었으며 열의 넘치는 수업 현장을 경험하고 있다. 연기를 좋아하고 하고 있다는 것 자체만으로도 참 좋다는 친구들. 좋아하는 일을 하는 두 사람의 에너지는 되려 내게 큰 힘이 된다.

지금의 변 2023년 여름.

    그때 레슨을 받았던 두 친구는 잘 지내고 있을까? 10년이 지난 지금은 어떤 삶을 살고 있을지 궁금하다. 당시에는 좋은 영향을 끼치려고 노력하였지만 받아들이는 친구들 역시 그랬을지, 나중에 인연이 닿아 혹시라도 만나게 된다면 조심스레 물어보고 싶다. 부디 안온한 삶을 살고 있기를.

    과거와 달리 지금은 살아오며 누군가에게 끼칠 영향력에 대해 고민하는 일은 거의 없다. 그 정도로 영향력이 있는 사람이 아님을 스스로도 알고 있으므로. 단순히 주어진 일에 최선을 다해 준비하고 실행하길 반복할 뿐이다. 연출자로서 단편 영화를 준비하면서도, 배우로서 역할을 연기하면서도 내가 누군가에 끼칠 영향보단 한 사람이라도 내가 만들어낸 무언가를 보고 공감해주길 바라는 마음이다.

사람과의 관계에서도 마찬가지다. 누구에게 어떠한 영향을 끼친다는 생각보다는 상대에게 피해가 가지 않도록, 나의 말로 인해 상처받지 않도록 각별한 주의를 기울인다. 간혹 의도와는 달리 상대방이 불쾌함을 느낀다면 최대한 빠른 사과를 하는 편이다.

현재는 중학교 3학년을 대상으로 학교에서 영화 수업을 하고 있다. 한 학기를 맡아서 총 16번의 수업을 진행하는데 사춘기 중학생을 대상으로 수업을 한다는 건 쉬운 일은 아니다. 어디로 튈지 모르는 엉뚱함과 가끔 도를 넘는 언행은 아찔할 정도다. 이들의 지나친 행동들을 제지하기 위해 목소리를 높일 때면 일순간 아이들은 조용해지지만 막상 수업이 끝나고 집으로 돌아가는 차 안에선 혼냈던 학생의 얼굴이 아른거려 마음이 편치 않기를 수차례. 결국 아이들 앞에서 다짐했다. 그간 목소리를 높여 혼냈던 것에 대한 사과를 시작으로 앞으로 좋은 어른의 모습을 보여줄 테니 너희들도 도와달라고. 이야기를 듣고 있는 아이들은 어느새 순박한 눈으로 "네!" 하며 우렁차게 대답한다. 분명 우리는 그 순간, 믿음의 벨트로 단단히 엮여있었다. 하지만 그도 잠시, 불과 몇 분 지나지 않아 다시 찾아온 혼돈의 순간. 분명 머리에선 '조용히 주의를 줘야지.'라고 생각했는데 밖으로 나오는 말은 예전과 같은 "조용히 안 해!"라는 외침. 일순간 부끄러웠다. 나 역시 몇 분도 지나지 않아 다짐을 어긴 것이니. 수업은 그렇게 종료되었고 또다시 불편해진 마음으로 학교를 나서는데 저 멀리서 학생이 손을 흔들며 "쌤!"이라 부른다. 그래도 내가 밉진 않은 모양이다. 나 역시 손을 흔들며 반갑게 인사한다. 우리는 그렇게 서로를 위로하며 다음을 기약한다.

일주일의 두 번, 잠깐의 수업에서도 이와 같은 후회와 어려움을 겪고 있는 요즘. 예술을 교육한다는 건 알려주는 사람도, 배우는 사람도 모두 쉽지만은 않은 일이다. 굳이 배워야 할 필요성을 모르는 수업에 임하는 너희들의 마음을 잘 알고 있기도 하고. 그러기에 보다 공감할 수 있는 수업을 준비해야겠다고 생각한다. 더불어 지금보다 좀 더 성숙한 너와 내가 된다면 더할 나위 없겠지만. 모쪼록 이 글을 빌려 전국의 모든 선생님께 존경과 응원의 마음을 전하고 싶다.

늘 내 주위를 맴도는 그것

2013년 여름.

　최근 촬영 일정이 겹쳐 상업 영화에 들어갈 기회를 놓친 적이 있다. 주위 동료들은 하나같이 상업 영화를 택하지 왜 단편 영화를 택했냐며 아쉬운 시선을 보냈지만 단편 영화의 출연 약속을 미리 했던 터라, 더 좋은 기회가 왔다고 약속을 번복할 수 없었다. 아쉬움은 그날 하루에 털어버리고 주어진 환경에 최선을 다하자는 마음으로 촬영장으로 출발했고, 그곳에서 나는 또 한 번의 기회를 마주했다.

　현장에 있는 스태프에게 독립 장편 영화의 오디션 제의를 받은 것이다. 그것도 주인공의 역할을. 그렇게 무사히 단편 영화의 촬영을 마치고 대망의 오디션 장소에 도착했다. 마음의 준비는 끝냈던 터라 차분히 오디션을 마쳤고 결과는 1차 합격이었다. 나를 포함해 단 2명의 경쟁자가 최종 오디션에서 판가름이 난다는 소식을 들었는데, 아직 합격의 기쁨을 맛보지 않았음에도 그저 기회를 주신 것에 감사했고 스스로 대견하다는 생각이 들었다. 아무튼 그날 하루만큼은 세상에서 둘도 없는 행복한 사람이 되어 즐거운 상상의 나래를 펼쳤다.

그런데 그 시각 또 다른 상업 영화의 오디션 제의가 들어왔다. 이게 무슨 일인가? 정말 기회는 한 번에 찾아온단 말인가? 그간 꾸준히 준비해 나가며 제발 상업 영화 오디션을 한 번만이라도 보았으면 좋겠다며 절박해하던 나에게 벌어진 일은 그야말로 어안이 벙벙할 정도로 엄청난 일이었다.

차례로 다가오는 오디션의 디데이. 준비했던 시간과 다르게 오디션은 짧은 시간 동안 허무하게 끝나버렸고 이제 남은 건 결과 발표. 말로는 신경 안 쓴다고 했지만 난 머릿속으론 온갖 경우의 수를 고려하고 있었다.

1. 둘 다 붙었을 경우.

2. 둘 중 하나만 붙었을 경우.

3. 둘 다 떨어졌을 경우.

무엇보다 세 번째 상황에 집중하려 애썼다. 최악의 상황이 찾아오더라도 미리 마음의 준비를 하고 있으면 그 충격을 최소화할 수 있기 때문에. 그러나 실제론 나도 사람인지라 첫 번째와 두 번째 경우를 더 많이 상상해 본 것 같다. 정말 이번에 합격한다면 그간의 설움을 날려 버릴 수 있을 것 같았다. 무엇보다 부모님께 당당할 내 모습을 생각하니 마음이 부풀어 올라 얼굴마저 벌게졌다.

'아차차. 아직 된 것도 아닌데. 다시금 최악의 상황으로 마인드컨트롤을 하자.'

호흡을 가다듬었지만 이미 살짝 넘보았던 청사진의 아름다움을 지워버리기란 쉬운 일이 아니었다. 그렇게 설레었던 시간이 지나고 드디어 결과 발표의 순간. 로또 당첨 번호를 확인하듯 초조함과 두근거림을 안고 오디션을 봤던 독립 영화 연출팀의 전화를 받았다.

'감독님께서 고민이 많으셨는데 이번엔 어려울 것 같습니다. 다음 기회에 꼭 더 좋은 작품으로 만나 뵈었으면 좋겠습니다.'

자로 잰 듯 정확하고 예의를 갖춘 불합격의 답신. 애써 침착함을 유지하며 오히려 밝은 목소리로 회답하고 서둘러 전화를 끊었다. 그리고 연달아 상업 영화의 오디션 역시 불발되었음을 전달받았다. 마인드컨트롤을 위해 염두에 둔 세 번째 경우의 수를 마주하니 일장춘몽이 이런 건가 싶다. 허무함과 상실감, 아쉬움과 미련 등으로 한동안 멍한 상태로 있다가 현실을 받아들이니 점차 마음이 편안해지며 홀가분해짐을 느꼈다. 그간 연락을 기다리며 타들어 갔던 마음을 들여다보면 난 아직 난 멀었지, 싶었다. 스스로에 대한 확신이 있었다면 어떠한 상황에서도 쉽사리 휘청이지 않았을 텐데. 더욱더 안과 밖을 정진해야 한다고 다짐했다.

그리스 시라쿠사 거리에는 유명한 동상이 있다. 그 동상의 모습은 꽤나 특이한데, 앞머리는 머리숱이 무성하고 뒷머리는 대머리인데다가 발에는 날개가 달려있다. 관광객들은 이 동상을 보고 처음엔 모두 웃지만, 동상 아래 적힌 글을 보고 많은 생각에 빠진다. 동상에 적힌 글은 아래와 같다.

앞머리가 무성한 이유는 나를 보러 온 사람들을 쉽게 붙잡도록 하기 위함이고, 뒷머리가 대머리인 이유는 사람들이 다시는 나를 붙잡지 못하도록 하기 위함이며, 발에 날개가 달린 이유는 최대한 빨리 사라지기 위함이다.

나의 이름은 기회다.

최근 인터넷에서 보았던 글의 일부이다. '기회는 언제나 곁에서 맴돌고 있지만 그를 알아차리고 붙잡으려고 하면 쉽사리 뒤를 내어주지 않는다는 말.' 마치 오디션을 모두 탈락한 내 현실을 말해주는 것 같아서 바짝 약이 오른다. 앞으로 다시 만날 그 '기회'를 위해 그의 앞머리를 잡을 수 있는 악력과 잡기 어려운 그의 대머리를 끝끝내 잡고야 마는 지구력, 그리고 그가 사라질 때면 평안을 찾을 수 있는 현명함을 길러야겠다. 그렇게 나는 다시금 그와 대면할 날을 꿈꾼다.

지금의 변 2023년 여름.

    한가로운 시기가 지나고 작품과 오디션이 몰아치는 시즌이 있다. 10년이 지난 지금도 난 역시 놓쳐버린 기회를 아쉬워하며 다가올 기회를 기다리고 있다. 올해만 하더라도 드라마의 촬영 일정과 학교의 출강 일정이 겹쳐 촬영을 못 한 것만 네 번째. 아쉬운 마음이지만 스스로에게 주는 휴가라고 생각하며 날숨을 통해 아쉬움을 내뱉고 만다. 삶에서 1순위는 여전히 촬영 일정이지만 현실을 위해 필요한 일들 또한 외면할 순 없다. 조절이 가능하면 촬영을, 그렇지 못하면 현실의 일들을 하는 편으로 절충안을 정했다.

    과거에는 단편 영화 작업들을 통해 만난 인연들과 영화사에 프로필 투어(자신의 프로필을 출력하여 영화사의 제작 소식에 맞춰 방문하여 전달하는 형태)를 통해 오디션 기회를 얻었다면, 현재는 그간 드라마와 광고를 매칭해 준 에이전시에서 연락을 받고 있다. 그러니 형식만 바뀌었을 뿐 결국 선택을 받아야 하는 입장인 것은 과거와 동일하다.

    돌아보자면 10년 전의 나는 절실했고 의지가 강했던 반면 현재의 나는 해내야 한다는 중압감과 스스로와의 끝없는 질의응답들로 인해 조금은 지친 상태다. 또한 전에 비해서 많은 작품 활동을 하였음에도 '제대로 하고 있는 것인가? 잘살고 있는 것인가?'라는 생각에 이따금씩 무력감이 찾아온다. 하고 싶은 일과 잘하는 일을 구분하는 현명함을 지녀야 한다고 했건만 나는 그 무엇도 확실치 않은 채 하루하루를 보내고 있는 것만 같다. 여전히 선택을 받아야 상황에서 내가 할 수 있는 건 없지만, 과거와 달리 지금은 매 순간을 자연스럽게 받아들이려 노력하는 편이다.

    앞으로도 많은 기회와 탈락의 순간을 마주할 것이

다. 기회가 오면 전력을 다해야 한다는 생각은 변함없
지만 피할 수 없는 탈락의 순간에선 '배역과 나의 이미
지가 맞지 않아 선택되지 않았을 뿐.'이라 정리하며 적
어도 스스로를 괴롭히는 생각은 하지 않을 것이다. 평
정심을 찾고 부족한 부분을 채워가며 의연하게 대처하
는 것. 10년 전에도, 지금도 내게 필요한 마음가짐이다.

바람의 언덕

2013년 여름.

지난 한 달간 단편 영화 〈바람의 언덕〉에서 맡은 역할에 필요한 준비과정을 마쳤다. 그리고 비로소 내일이면 촬영장으로 떠나는 날이다. 그곳에서 지내는 시간은 일주일 정도. 그런데 이번엔 무언가 좀 다르다. 그간 촬영을 준비했던 과정과 별반 다르지 않은데 이상하게 마음은 지상과 1미터 정도의 일정한 간격을 유지한 채 두둥실 떠 있다. 왜 이럴까. 오랜 기다림 끝에 찾아온 단비 같은 작품이라 그런 걸까? 아니면 작품을 잘 해내야 한다는 압박감 때문에?

이번 작품은 전작인 〈거짓 수업〉이라는 단편 영화

에서 만난 촬영감독의 요청으로 참여하게 되었다. 4개월간의 공백기 동안 작품에 대한 열망으로 목말랐던 나에겐 참으로 감사한 일이다.

촬영을 앞둔 단편 영화 〈바람의 언덕〉은 태평양 전쟁 당시 미군과 일본의 전쟁이 벌어지는 최전선에서 일본군으로 강제 징집된 한국인 남성에 관한 이야기이다. 이곳에서 내가 맡은 역할은 일본군 소위인데, 냉철하고 잔인함과 동시에 외로움을 지닌 캐릭터이다. 바짝 밀은 머리만큼 이번 작품에는 유난히 많은 노력을 기울여 왔다. 이제 촬영장으로 출격할 일만 남았는데 전과는 다른 떨림이 자꾸만 신경 쓰인다. 도대체 이유가 뭘까? 한참이 지나도 나아질 기미가 보이지 않아 결국 이곳에 앉아 이렇게 글을 쓰고 있다. 현재 시각은 오후 5시 52분. 글을 쓰니 마음이 조금은 진정된 듯하여 이 떨림의 이유를 조금 더 생각해보려 한다.

혹시 이전 작품을 준비했던 과정과 달랐던 점이 있었기 때문일까? 아니다. 보통 작업을 준비하며 해왔던 분석과 연습의 방식들은 전작을 준비하며 겪었던 시행착오를 바탕으로 아주 조금씩만 수정될 뿐이다. 크게 달라진 점은 없었다. 또한 전과 마찬가지로 배우들 간의 단합도 잘 되고 의욕도 넘친다. 현재의 컨디션 역시 좋은 편인데 대체 마음은 왜 이리 일렁이는지.

한편으로는 이런 생각도 든다. '오히려 준비를 과하게 해서 그런 건 아닐까.' 하는 생각. 자세를 고쳐 앉아 곰곰이 생각해 본다. 맞는 말 같기도 하다. 완벽해야 한다는 중압감이 날 초조하게 만든 장본인임이 틀림없다.

'무대에서 100이 아닌 80만큼만 하라는 말.'

'완벽'이 아닌 '최선'을 다하라는 말을 잠시 잊어버렸던 것이다. 오랜만에 하는 작품이기에 즐길 생각은 하지 않고 완벽하게 해내고 싶다는 욕망에만 사로잡혔던 것.

화창한 일요일 오후 1시. 촬영장으로 가는 차 안에서 나는 또 한 번 다짐해본다. '완벽'이라는 이룰 수 없는 욕망은 집어던지고 신나게 즐기며 다녀오자고. 문득 어느 영화인의 말이 떠오른다. 영화 촬영이 시작되는 순간은 축제나 다름없다고. 기약 없이 기다리며 작품에 목말랐을 스태프와 배우를 위한 모두의 축제라고.

오랜만에 열린 축제의 장. 물론 나의 성격상 촬영을 온전히 즐기지는 못할 것이다. 맡은 인물에 대한 생각과 여타 다른 잡생각들로 촬영을 제외한 시간 대부분을 촬영장 언저리에서 홀로 서성일지도 모른다. 그래도 이번만큼은 함께 즐겨보자. 중압감과 억압감에서 벗어나 서로 어울리고 즐기며 만들어 낼 멋진 순간들을 기대하며, 내 안의 단단한 껍질을 한 꺼풀 벗어버리길 다짐해 본다.

지금의 변 2023년 여름.

    지금도 여전히 촬영을 앞두면 긴장감과 함께 불안이 찾아온다. '준비했던 것을 완벽하게 해낼 수 있을까?' 하는 생각 때문에. 10년 전부터 '완벽'에 대한 생각을 버리자고 다짐했건만 오히려 시간이 지날수록 중압감을 이겨내기가 어렵다. 현재는 드라마의 단역 역할로 촬영장을 오가고 있다. 단 한두 줄의 대사이지만 매번 일면식도 없는 감독님과 스태프들 앞에서 태연하게 연기를 하고 나오기가 왜 이리 힘든 것인지. '적성에 맞지 않는 걸까.'라는 생각을 하고 있을 때쯤 오랜만에 대학 선배를 만났다. 참고로 선배는 10년 전 위에서 언급한 〈바

람의 언덕〉이란 단편 영화를 촬영할 때 일본어를 지도
해 주셨다. 오래만에 만난 선배는 시난날 살아온 이야
기를 담담하게 풀어내시고는 나에게 어떻게 살고 있느
냐 물으셨다. 순간 난 어떻게 말해야 할지 말문이 막혔
지만 이내 "뭐, 똑같죠."라고 답했다. 선배와 한참을 이
야기를 나누다가 취기가 올라 촬영장에서의 어려움을
쏟아냈다. 선배는 담배 한 대 피우자며 밖으로 나서서
이렇게 말씀하셨다.

나도 의식적으로 노력하고 있어.
스스로에게 '잘하고 있어.'라고 말해줘야 해.

어떻게 하라는 현실적인 조언을 해줄 거라는 내 예
상과 달리 선배는 "괜찮을 거야. 앞으로도 문제없을 거
야."라며 내 어깨를 토닥여주셨다. 그 순간 울컥한 마음
에 애꿎은 하늘을 올려다봤다. 내게 필요했던 건 어찌
면 문제 해결을 위한 대안이나 해답이 아니었는지도 모
른다. 오히려 지금 나에겐 격려의 말 한마디가, 따뜻한
다독임이 필요했는지도. 스스로를 끊임없이 몰아세웠
던 나는 선배가 건넨 말을 한참 동안 곱씹었다.

힘들었지? 고생 많았어.

지금도, 앞으로도 괜찮을 거야.

선배의 조언 이후 나는 종종 스스로에게 격려의 말을 전하곤 한다. 문득 나를 다독여 주는 주변 사람들이 떠오른다. 정신 차리고 아쉬운 소리 그만하라는 말. 기회는 귀하게 찾아오는 것이고 연기는 원래 어려운 거라고. 다들 티를 내지 않을 뿐 같은 마음이겠지.

글을 수정하고 있을 무렵 단편 영화 〈바람의 언덕〉을 감독한 웅호에게 연락이 와 10여 년 만에 그 시절 함께한 친구들을 만났다. 이제는 그중 절반 이상이 기혼자고 남은 건 나와 동갑내기 친구 정도. 오랜만에 만난 우리는 빠르게 흐르는 시간을 야속해 하며 다음을 기약했다.

존재하고 있는 것 자체만으로도 우리는 충분히 잘하고 있어. 완벽하지 않아도 괜찮아. 쉼 없이 변화하고 흔들리는 일상에서 균형을 잡고 서 있는 것만으로도 대단한 일이야. 그러니 두려워할 필요는 없어. 괜찮아. 충분해.

삶의 무게를 나누는 친구들과 선배님께 나도 이와 같은 이야기를 전하고 싶다.

존재만으로 든든한 여러분, 우리 곧 다시 만나요.

그러다 문득

2013년 여름.

늘 해왔던 아침 일과를 마치고 오늘의 일정을 확인하기 위해 스케줄 북을 펼쳤다. 자세를 고쳐 앉고는 아침 일과를 진행하며 느낀 점을 스케줄 북 오늘의 칸에 기록한다. 그리곤 발음 연습을 하며 감명 깊게 읽었던 책 속 구절을 스케줄 북 맨 뒤 페이지에 적는다. 때마침 울리는 핸드폰 메시지의 알림.

'오늘 오후 2시 점심 약속 알지? 이따 보자.'

아차. 난 오늘의 일정을 확인하기 위해 스케줄 북을

펼친 것이 아니었던가. 서둘러 다시 앞 장의 이번 달 스케줄 페이지를 펼친다. 약속 장소는 '오리역'. 우리 집에서 얼마나 걸릴까? 핸드폰을 꺼내어 지하철 애플리케이션으로 대강의 거리를 확인한다. '아, 한 20분 정도 걸리는구나. 그러면 40분 전부터 준비하면 되겠다.'라는 생각에 마음이 편안해진다. 그러고 보니 아침 식사 후 커피를 깜박했다. 거실로 나가 커피포트에 물을 끓인다. 그리곤 원두를 프렌치프레스에 넣어 끓는 물을 담아 방으로 가져온다. 원두를 불리는 동안 책상 옆의 기타를 만지작거리며 요새 연습하는 U2의 〈With or Without you〉를 흥얼거린다. 아직 코드 체인지가 미숙해서 답답함이 밀려온다. 그사이 불린 원두를 내려 커피를 한 모금 마신다. 그러고 보니 메일 확인을 못 한 것 같아 노트북 전원을 켠다. 컴퓨터가 부팅되는 동안 얼굴이 건조한 것 같아 미스트를 뿌린다. 그러다 문득 거울 속에 비친 얼굴을 자세히 들여다본다. 왼쪽 뺨의 소그만 뾰투지가 묘하게 심기를 건든다. '저걸 어떻게 해야 하나.'라는 생각으로 머릿속이 복잡해질 때쯤 부팅이 완료된 윈도우의 알림음에 시선은 다시 컴퓨터로 향한다. 메일을 확인하기 위해 들어간 포털 사이트의 메인 페이시. 그러고 보니 엊그제 주문한 신발이 어디쯤 오고 있는지 궁금하여 해당 사이트로 접속해 택배의 위치를 확인해 본다. 물건의 위치로 보아 아직 하루 정도 더 있어야 할 듯싶다. 다시 포털 사이트의 메인 페이지. 여러 자극적인 기사들의 문구가 눈에 띄어 몇 차례의 클릭으로 확인해 본다. 역시나 제목만 자극적인 알맹이는 없는 공허한 기사. 매번 알면서도 속는 나 자신이 한심하다. 입안의 텁텁함을 느껴 다시금 커피 한 모금을 마신다. 문득 담배 생각이 나 담배 한 개비와 라이터를 집어 들고 밖으로 나간다. 눈 앞에 펼쳐진 푸르른 공원의 싱그러움에 마음이 따사롭다. 날씨 한번 화창하구나. 불현듯 어제 보았던 영화 〈헤드윅〉에서 주인공이 나체로 세상을 향해 걸어가는 장면이 떠오른다. 그가 겪었던 시련들과 세상의 편견들을 향해 의연히 나아가는 모습이 인상 깊다는 생각을 해본다. 그사이 짧아진 담배를 비벼 끄고 엘리베이터를 타고 11층에 내린다. 눈앞에 보이는 것은 몇 달 동안 움직이지 않았던 자전거. 바퀴의 바람을 채워 넣고 브레이크를 손봐야 하는데 선뜻 의지가 생기지 않는다. 출입문의 비밀번호를 누르고 다시 집 안으로. 화장실에서 손을 씻고 방 안으로 돌아와 책상 앞에 앉는다. 컴퓨터 모니터에 띄워진 여러 창들과 반쯤 남겨진 커피, 조용한 방안에 왱왱 돌아가는 선풍

기 소리, 미동 없는 핸드폰. 그러다 문득,

난 대체 뭘 하려 했던가.

서둘러 처음의 스케줄 북을 펼쳐 오늘의 일정을 확
인하는 나.

지금의 변 2023년 여름.

    그때의 나는 정말 '나사 빠진 놈'이구나 라는 생각이 든다. 급한 성격은 여전해도 지금은 하고자 하는 일들을 계획하고 순차적으로 진행하는 편이다. 저런 정신으로 무슨 일을 어떻게 해냈을까.

    현재는 우선 일정이 생기는 순간마다 스케줄 앱에 최대한 상세히 기록해 놓는다. 그리고 디데이 전에 따로 해야 할 일들을 스마트폰 메모장에 정리하여 준비하는 편이다. 사사로운 일정에서부터 중요한 일정까지 구분하지 않고 위의 공정대로 진행해야 실수가 없음을 알기에 하는 행동이다.

　약속 장소에 나가야 하는 상황이라면 우선 지도 앱을 통해 출발지에서부터 도착지까지의 거리를 계산하여 출발 시간을 설정한다. 일단 여기까지는 비슷하다. 그리곤 출발 예정 시간 30분을 남겨 놓고 하던 일을 마무리한 후 씻고 나가기 전에 침구류를 정리한다. 10년 전처럼 시간을 한참 남겨두고 부산스럽게 무언가를 하기보다는 시간을 정해놓고 그 시간 이후로는 외출 준비에만 집중하려 하는 편이다. 나름 완벽하다고 생각하는 규칙적인 일상이지만 일 년에 몇 번은 어이없는 이유로 흐트러지곤 한다.

　약속 시간은 오후 1시. 난 충분히 인지하고 있었다. 오히려 일찍 일어나서 부지런하게 밀린 집안일과 해야 할 일들을 했는데도 시간이 남아 '오늘은 참 여유롭다.'라는 생각으로 예능 프로그램을 보고 있었는데, 뭔가 기분이 찜찜하다. 시계를 보니 출발 시간이 이미 지나버린 것이 아닌가. 출발 시간 계산을 아예 잘못 했던 것이다. 서둘러 버스정류장으로 뛰어가 오지 않는 버스를 조조하게 기다리며 버스의 긴 배차간격을 원망했던 나.

아직도 난 이따금씩 나사가 빠진 듯 살고 있다.

정신 차리고 살아야지.

Run

2013년 여름.

어려서부터 마른 체구에 아무리 많이 먹어도 체중
은 늘 같은 자리에서 플러스마이너스 2kg을 유지했던
나다. 마른 몸을 벗어나고 싶어도 어쩔 수 없는 체질이
라 단념했는데 군대 전역 이후로 내 몸은 서서히 변화
하고 있었다. 누구도 피할 수 없는, 아무리 마른 체형
이더라도 숨기고만 싶은 뱃살이 점차 존재감을 드러내
기 시작한 것이다.

세상에서 복근 운동이 제일 쉬웠고 아무리 많이 먹어
도 미동조차 없는 배는 나의 유일한 자랑거리였는데 어

느 순간 거울에 비친 모습엔 인정하고 싶지 않은 'E.T'의 조짐이 조금씩 보이기 시작했다. 왜일까? 어떻게 이럴 수 있단 말인가. 불과 대학 시절만 해도 끄떡없던 배가 조금씩 부풀어 오른 이유는 대체 뭐란 말인가. 곰곰이 지난날을 되짚어 보니 그간의 잦은 술자리와 불규칙한 식생활의 장면들이 구름떼처럼 떠올라 수평을 유지한 채 그윽한 미소를 짓는다. 한계치까지 도달했음을 진작부터 알고 있었기에 더 미룰 것도 없이 지금부터 시작이다. 그간의 불규칙한 생활을 리셋하고 건강한 삶과 이전의 배로 되돌아가고자 마음을 다잡는다.

생전 쳐다보지도 않았던 칼로리에 관심을 갖고 단백질과 채소 섭취에 집중했다. 그리곤 점차 끼니를 줄여나가기까지. 운동과 병행한 식단관리가 벌써 6개월째에 돌입하였고 어느새 나의 몸은 전의 모습으로 돌아온 듯싶었다. 물론 배는 예외였다. 아무리 노력해도 쉽사리 돌아오지 않는 애증의 몸뚱이. '언젠가는 줄어들겠지.'라는 기약 없는 믿음으로 운동을 하던 중 문득 체육교사인 아는 동생의 조언이 떠올랐다.

"형. 뱃살엔 뛰는 게 제일이야."

물론 뛰는 것은 누구보다 자신 있는 나지만 문제는 지구력이었다. 매일같이 뛰기 위해서는 결심이 필요했다. 그렇게 차일피일 미루고 있던 중 얼떨결에 구입한 기능성 반팔 티를 계기로 문밖을 나섰다.

가벼운 준비운동을 마치고 천천히 달리기를 시작. 신호등에 가로막혀 전진할 수 없을 땐 제자리 뛰기를 하며 일정한 박자의 호흡에 집중했고, 이 모든 행위가 점차 익숙해지자 처음엔 보이지 않았던 주위의 풍경들이 하나둘 눈에 들어오기 시작했다. 버스정류장에 무리 지어 버스를 기다리는 사람들, 홀로 공원에서 사색을 즐기는 할아버지, 친구들과 장난을 치며 걸어가는 학생들, 매장에서 상품을 진열하는 직원 등 평소에는 무심코 지나쳤던 풍경들이 조금씩 눈에 들어왔다. 그리고 그와 동시에 마음이 평온해짐을 느꼈다. 내가 바라보는 시선과는 상관없이 일상의 모든 것들은 그저 자연스럽게 존재하는 것만으로도 아름답다는 걸 이전에는 알지 못했다.

'자연스럽게 존재하는 모든 것들은 아름답다.'

문득 무대 위 배우도 마찬가지라는 생각이 스친다. 배우 또한 자기 불신과 일상의 잡다한 생각들을 말끔히 지우고 그저 무대에서 맡은 배역으로서 온전히 존재할 때 아름다운 법이지 않을까.

그렇게 달리고 또 달리기를 반복, 근처에 있는 작은 뒷동산을 향해 힘차게 계단을 박차고 오르는 길. 당차게 시작한 뜀박질은 이내 걷기에 이르렀다. 숨을 돌리고 싶은 유혹을 가까스로 참아가며 오른 언덕들. 쉼 없이 지속하는 레이스. 누가 시킨 것도 아닌데 이렇게까지 하는 이유가 뭘까 생각해 보다가 인생은 오르막과 내리막의 연속이라는 문구와 함께 여러 잡념이 머릿속을 파고든다. 겨우 정신을 차리고 산길을 빠져나와 다시 평지로의 진입. 서서히 집 근처의 전경이 보였고 마지막까지 페이스를 잃지 않으려 노력한 결과 4.62km를 무려 30여 분 만에 완주했다. 끊임없이 떨어지는 땀방울과 몸 전체에 도는 열기가 바깥의 시원한 공기와 부딪치며 온몸으로 상쾌함을 느낀 하루.

처음엔 오로지 뱃살 감량을 목표로 달렸지만 달리다 보니 주변의 풍경을 바라보며 평화로운 일상의 감사함을 느낄 수 있었고, 무엇보다 가파른 산을 오르내리며 내게 주어진 삶을 생각해 볼 수 있었다. 나에게 다가오는 것들을 부디 자연스럽게, 온몸으로 받아들이고 싶다. 애써 마음을 먹지 않아도 뛰다 보면 절로 느낄 수 있기에 앞으로도 달리며 나와 주변을 둘러보고자 한다.

살면서 다가올 희망과 절망의 순간도 삶의 흐름과 자연의 섭리 안에서 평화롭게 지나가기를. 더불어 나의 뱃살도 함께 사라지기를 바라는 바이다.

지금의 변 2023년 여름.

신기하게도 10년 전 글을 다시 읽는데 그때의 공기와 흘렸던 땀이 생생하게 기억난다. 최근 본 영화의 제목도 헷갈리는 요즘인데 뛰었던 그때의 순간이 좋은 기억으로 남아 있다니.

배는 여전히 내 밑에서 존재감을 드러내고 있으며 지지 않고자 운동을 하고 있지만 이마저도 쉽지 않다. 평소 자주 하는 운동인 클라이밍에서는 홀드를 제압하는 것이 중요한데 아랫배는 도저히 제압 불가. 동갑내기 친구는 작년부터인가 헬스에 취미를 붙여 바디 프로필을 수시로 촬영한다. 평평하고 굴곡 있는 배를 드러내며 자신감에 찬 친구의 사진을 보고 있자니 나는 그렇게는 못 살겠다며 슬그머니 항복하곤 마시던 맥주를 비운다.

그때처럼 뛰며 땀을 흘렸던 게 언제였을까. 최근 집 앞 버스정류장까지 급히 뛰어가서 겨우 뒷좌석에 타 땀을 닦은 기억 정도. 달리기와는 멀어졌지만 머릿속이 복잡하거나 어떠한 생각을 해야 할 땐 주로 밤에 산책을 나서는 편이다. 거리를 걸으며 주변을 둘러보고 보폭을 일정하게 유지하다 보면 자연스레 생각들이 정리되고 아이디어가 떠오른다. 최근에 쓰고 만들었던 단편영화 〈오늘은 내일을 만날 수 있다〉 역시 산책하며 영화의 소재와 줄거리를 떠올렸고 주변을 둘러보며 영화의 촬영 장소를 물색했다. 지금 생각해보니 이번 영화에는 나의 산책길이 담겨 있다.

과거와 마찬가지로 지금 역시 뛰는 것은 좋다고 생각하지만 마땅한 계기를 찾지 못했다. 거리를 달리는 사람들을 보고 있으면 나도 한번 뛰어볼까 생각하지만, 이 또한 그때뿐이다. 시원한 방에서 그보다 더 시원한 맥주를 마시며 배가 이 정도에서 멈춰주길 간절히 바랄 뿐.

삶을 자연스럽게 받아들이는 일은 의식적으로 노력하고 있다. 뜻하지 않은 상실과 예기치 않은 기쁨의 순간들은 평온함을 지향하는 내 삶에 큰 파형으로 혼란을 만들어 내기에 마음을 비우려고 노력 중이다. 종종 스스로를 투명하고 무언가를 담을 수 없는 형태라고 생각한다. 그리하여 모든 것들이 내게 무언가를 남기지 않고 그저 통과해 나가는 상상을 하곤 한다. '그냥'이란 단어와 같이 뜻 모르게 나에게 찾아온 모든 것들에 세세한 이유와 스티커를 붙이기보단, 순간마다 인정하고 받아들이는 삶을 살고자 노력한다. 물론 매번 쉽지만은 않기에 '노력'이란 단어를 문장 곳곳에 사용했다.

일요일 어느 아침의 결단

2013년 봄.

어느 일요일 아침. 평상시와 다름없이 일찍 일어나 이불을 가지런히 정리하고 밥을 먹으러 부엌에 나가 밥상에 앉았다. 밥과 김치를 입 안에 넣고 오물거리고 있으니 불현듯 머릿속에 꽉 찬 옷장이 스친다. 그리곤 답답함에 물 한잔을 벌컥 마셨다. 최근 몇 년간 입지 않는 옷들이 옷장마다 꽉꽉 채워져 있고 동생의 옷들까지 품고 있어 내 옷장은 그야말로 포화상태.

매번 옷장에서 옷을 꺼내려면 빽빽한 옷들로 인해 옷이 구겨져 있는 것은 일상이며, 그날의 입고 싶었던 옷을 찾지 못해 다른 옷으로 대충 때워 입고 나간 일도 다반사. 생각지도 못한 곳에서 몇 번 입어보지도 못하고 사라진 옷가지들이 발견될 때면 반가운 마음과 동시에 누군가를 원망하고 싶어지지만 이 또한 모두 나로부터 비롯되었기에 어쩔 도리가 없다고 생각한다. 그런데 복잡한 옷장이 왜 하필 일요일 아침, 밥상에서 밥과 김치를 씹고 있을 때 생각났을까?

난 한번 머릿속에 어떤 일들이 떠오르면 하지 않고는 못 배기는 성격이다. 친구들은 즉흥적이라 말하지만 자세히 들여다보면 즉흥적이기보다는 '즉흥적이지만 찰나의 계산을 마친 계획적인 행동'이라 생각한다. 물론, 다른 이는 전혀 그렇게 생각하지 않겠지만 말이다. 나름의 변을 해보자면 무언가를 해야겠다고 마음을 먹는 순간 머릿속에선 일의 시작과 끝까지의 공정이 순식간에 정리되며 대략적인 계산을 마친 상태가 된다. 여하튼 그 짧은 시간 동안 입을 오물거리며 입지 않는 혹은 유행이 지난 옷들을 대충 머릿속에 떠올렸고 급기야는 의류 수거함에 넣는 모습까지 그려보았는데, 이상하게도 아깝다는 생각이 좀처럼 떠나질 않았다.

'한때 좋아했던 옷들이고 그냥 버리기엔 새것 같은

데. 차라리 팔까?'

생각이 스치자마자 밥상을 대충 정리하고 방으로 급히 들어왔고 뜻 모를 설렘을 느꼈다. 새로운 일을 시작할 때의 기분 좋은 설렘은 늘 한껏 마음을 들뜨게 한다. 때마침 대학생 시절 선배의 소개로 읽었던『세상의 벽을 빌리다』라는 책이 떠오른다.

어린 시절 최범석 디자이너는 구제 옷을 팔기 위해 홍대 앞 외진 골목길의 벽을 빌렸다고 하지 않았던가?

서둘러 옷장에서 입지 않은 옷들을 과감히 도려냈다. 망설여지는 옷들도 여지없이 처분하기 위해 과감히 들어내니 시골의 평상에 누워 시원한 바람을 마주한 것과 같은 청량한 기분이 들었다. 금세 텅텅 비어 있는 옷장을 바라보니 문득 떠오르는 법정 스님의 말씀. '이래서 비우라고 말씀하셨구나.' 정리하며 또 한 번의 깨달음을 얻는다.

텅 빈 옷장. 하지만 방바닥엔 처분하려는 옷들이 산더미처럼 쌓여 있다. '이걸 다 어떻게 들고 가지.'라는 생각에 잠시 망설였지만 '한꺼번에 팔지 못하면 나누어서 팔면 되지.'라는 생각으로 한동안 방치했던 커다란 배낭을 꺼내어 차곡차곡 담았다.

집에서 가까운 거리에 위치한 대학 캠퍼스. 그곳이라면 내가 내놓은 옷을 살만한 사람들이 있을 거란 생각이 들었다. 그렇게 캠퍼스 근처 마땅한 장소를 검색해 보다가 불현듯 문제가 생겼음을 감지했다. 옷을 꺼내어 펼쳐놓을 돗자리가, 어느 집에나 하나쯤은 있을 법한 돗자리가 우리 집엔 없는 것이었다. 사자니 아깝다는 생각에 친구한테 연락하여 돗자리가 있는지 확인했지만 아쉽게도 그 친구의 집에도 돗자리는 존재하지 않았다. 생각해보면 주위에 언제나 있을 것만 같은 물건이나 사람도 구하거나 찾으면 보이지 않는다. 평소에는 방치했다가 필요할 때만 찾는 마음이 참 이기적이라는 생각에 씁쓸해지는 것도 잠시, 궁여지책으로 뒤적거리다 발견한 '자동차 앞 유리를 덮는 돗자리 같은 무엇'을 들고 드디어 장소로 향했다.

모든 장사엔 순서가 있다. 일전에 친한 친구 가족이 운영하는 마트에서 아르바이트를 한 적이 있었다. 그때 같이 카운터를 보던 친구의 할머니는 평생을 장사만

하신 분으로서 매사에 꼼꼼하시고 장사의 노하우가 단단히 쌓인 그야말로 장사의 달인이셨다. 그렇게 할머니 곁에 앉아 이런저런 이야기를 나누며 지낸 6개월. 그때 할머니께서는 장사할 땐 거슬러 줄 수 있는 현금을 우선으로 준비해야 한다고 하셨다. 그 말씀을 떠올리며 5천 원 4장과 천 원 30장을 준비해 재킷 깊숙이 찔러 넣고는 목표지점으로 출발했다.

배낭을 메고 걷다 보니 저 멀리 마음속으로 점찍어 놓은 지하도의 입구가 보였다. 마음을 다잡고 다가가는 찰나 예상치 못한 복병을 만났다. 지하도를 관리하시는 분이 물청소를 하고 있는 것이 아닌가! 난 그 자리에서 얼어붙고 말았지만 그냥 돌아갈 순 없었기에 급히 다른 곳을 물색했다. '가로수 앞에 자리를 펼까?, 아니면 저곳에?' 주위를 둘러봐도 어느 곳 하나 만만치 않아 보였다. 때마침 눈에 들어온 도넛 가게. 추운 날씨에 일단 커피나 마시자며 들어간 곳에서 뜻밖에 구세주를 만났다. 인상 좋으신 사장님 내외분께서 매장 앞 테라스 자리를 쉬이 허락해 주셨고 순간 너무나 감사한 마음과 함께 나 또한 세상의 벽을 빌린 기분이 들었다.

즐거운 마음에 돗자리를 펴고 가져온 옷가지들을 잘 보이도록 진열하며 첫 손님을 기다렸다. 그렇게 5분. 10분. 20분. 40분. 한 시간. 추운 날씨 탓일까? 지나가는 사람들은 눈길은커녕, 다들 가던 길을 가느라 바빠 보였다. 진열에 문제가 있나 싶어 이리저리 옷들을 뒤적이는 와중에 오전에 돗자리를 빌리려 전화를 걸었던 친구 녀석이 놀러 왔다.

"야, 많이 팔았냐?"
"아니. 하나도 못 팔았어…."

슬슬 포기하고 싶은 마음이 들 때쯤 감격스럽게도 한 학생이 지나가며 3천 원에 청남방을 사 갔고 그것을 시작으로 오후 4시까지 오들오들 떨면서 총 3만 천 원을 벌었다. 처음 해본 장사로 내 손에 들어온 서른한 장의 천 원짜리 지폐. 친구와 함께 밥을 먹고 저녁 장사를 개시했지만 그날의 운은 점심때까지였다. 어깨가 축 늘어진 친구는 가져온 짐을 그대로 다시 포장해 집으로 돌아갔고 그 이후 그는 내가 옷을 파는 곳 근처엔 얼씬도 하지 않았다.

며칠 후. 같은 극단에서 활동하는 동생에게 전화를 걸어 또 한 번 구제 옷 판매를 제안했다. '안 입는 옷들을 가져와서 팔고, 손님이 없을 땐 가게 맞은편에 산도 있으니 명상하는 시간(비록 명상하는 시간이 더 길었지만)을 갖자.'라면서. 그로부터 2주일 후. 우린 처분하고자 하는 옷을 다 팔았을 뿐만 아니라 여러 군데에서 옷을 저렴하게 가져와 용돈벌이 정도의 짭짤한 수익을 냈다.

도대체 무엇이 이토록 에너지 넘치게 이끌었을까. 생각해 보자면 일 없이 방 안에만 있는 아들을 바라보는 부모님의 걱정스러운 시선과 기약 없는 작품에 대한 열망을 어디에라도 해소하고 싶었던 마음이 가장 큰 동력이 되었던 것 같다. 그밖에 돈에 대한 절박함, 하면 될 것 같은 즐거운 상상 등 여러 가지가 한데 모여 나를 거리로 이끈 게 아닐까.

이쯤 되니 내가 어떤 사람인지 정리하고 싶어진다.

낯을 가리고 매사에 준비성이 철저한 성격이지만 때때로 적극적이며 다소 즉흥적인 나.

그러고 보니 내 안엔 이러한 여러 가지 기질들이 숨어있었나 보다.

일단 지금은 스스로를 '계획적이고 적극적인 사람' 정도로 정의하고자 한다.

지금의 변 2023년 여름.

　대학교에 다닐 무렵 공원에서 기타 연주를 했던 사실만큼(201p 참고)이나 내가 그 당시 길거리에서 옷을 팔았다는 사실이 믿어지지 않는다. 글을 정리하며 과거의 내 모습을 보고 있자니 내가 아닌 다른 사람을 관찰하고 있는 것 같은 이질감이 들어 낯설다.

　당시 옷장을 비우겠다는 마음과 그것들을 필요한 사람에게 팔았던 건 꽤 잘한 일이라고 생각한다. 하지만 지금이라면 그때와 같이 무작정 옷가지를 챙겨 거리로 나서지 않을뿐더러 애초에 길에서 옷을 판다는 생각 자체를 안 했을 것이다. 지금 그와 엇비슷한 것을 한다

면 아마 당근 마켓을 통한 판매나 나눔 정도이지 않을
까. 그마저도 번거롭기에 의류 수거함을 택하지 않았
을까 싶다. 현재 내 옷장에는 그리 많은 옷이 있는 편
이 아니다. 지금은 몇 가지의 좋아하는 옷들을 돌려 입
는 편이다.

그때는 스스로를 '적극적'이라고 정의했지만 지금의
나는 아무래도 '적극적'이란 단어와는 멀찍이 떨어진 반
대쪽에 서 있다. 방 안에 있을 때 가장 편안함을 느끼는
편이라 선뜻 밖을 나서겠다는 생각이 들지 않으며 많
은 사람이 모여 있는 자리에선 종종 피로감을 느낀다.

또한 지금의 나는 정해진 루틴으로 일상을 즐기며 몇
가지 취미활동을 하고 있다. 이는 드라마 촬영이 생기
거나 지금과 같은 작업을 할 경우에도 동일하다. 간혹
상황에 따라 취미생활의 빈도가 줄 때도 있지만 그 정
도의 변화 외엔 달라지는 건 없다.

이 밖에도, 서울에 주로 가는 지역마다 단골집을 마
련하여 익숙함을 느끼는 것을 편안해하고 전시장에 가
서 작품들을 관람하는 것과 자연을 바라보는 것을 좋

아한다.

 군이 이런 내 성향을 한 문장으로 정리해 보자면 과거와 달리 지금은 스스로를 '계획적이고 내향적인 나'로 정의할 수 있을 것 같다. 물론 이 정의 또한 내가 보는 나의 모습에 불과하겠지만 말이다. 어쩌면 10년이란 사이클을 돌아 다시 본연의 성격으로 돌아온 건지도 모르겠다.

내가 원하는 삶이란?

2013년 여름.

    내가 만약 OO라면? 19세기 러시아의 연극 연출가이 자 배우였던 스타니슬랍스키는 'Magic If' 이론을 통해 배우로서 역할을 수행하는 접근법을 논했다. 그의 이 론에 따르면 배우는 상황을 가정하고 상상해 봄으로써 무대에서 실제와 같이 연기할 수 있다고 한다. 예를 들 면 '내가 만약 의사라면 현재 죽어가는 환자에게 어떤 위로를 해줄 수 있을까?' 혹은 '내가 만약 초능력을 가 지고 있다면 이 사실을 어머니에게 어떻게 전달할 것 인가?'와 같이 맡은 배역의 캐릭터가 된다면 어떻게 할 지를 상상해 보는 것이다. 이 방식은 19세기 말부터 지금까지 배우들이 기본적으로 익혀야 하는 개념으로 인식되고 있다.

'만약 내가 꿈꾸던 일상이 현실이 된다면?'

생각만으로도 너무 즐겁다. 만약 원하는 바를 모두 실현할 수 있다면 우선 나는 집을 마련하고 싶다. 오래전부터 마음속에 담아둔 부암동의 전셋집으로. 부암동은 전반적으로 조용하고 북한산의 인접 지역이라 산책할 수 있는 환경이 잘 조성되어 있다. 또한, 인근의 밥집과 커피숍 등 마음에 드는 곳이 많아 평소 좋아하는 동네이기도 하다. 아무튼 집을 마련한 뒤에는 경제적으로 완벽한 독립을 할 수 있었으면 좋겠다. 뭐 어디까지나 상상이니 과감하게 가정해보자면 여러 작품의 출연 제의가 물밀듯이 밀려와 독립적으로 사는 데 지장이 없었으면 좋겠다. 더불어 부모님께 용돈을 드리는 정도까지 되면 더할 나위 없이 기쁠 것이다. 마지막으로 삶의 중심이 잡힌 일상을 살고 싶다. 어떠한 상황에도 흔들림 없이 자신만의 세계를 펼칠 수 있는. 좀 더 구체적인 예를 들자면 이러한 삶이다. 아침에 창문을 열어놓고 조용한 음악에 맞추어 스트레칭 및 가벼운 운동을 한 후 식사를 한다. 아침 식사가 끝난 뒤에는 창문 밖의 풍경을 감상하며 대본을 보거나 글을 쓴다. 늦은 점심. 약속이 없는 날에는 집에서 간단한 요리를 해 먹는다. 입이 심심하여 어제 먹다 남은 와인을 마저 따라 마시며 영화를 본다. 초저녁 시간엔 아침에 보았던 대본을 다시 보거나 약속 시간 전까지 글을 쓴다. 어느덧 나가야 할 시간. 좋아하는 녹색 계열의 옷을 골라 입고 밖으로 나선다. 동료의 연극 관람을 하거나 미팅이나 일이 있을 경우 회의를 한다. 생각보다 일찍 일이 끝나 집으로 돌아오는 길에는 근처 커피숍에서 한가로운 시간을 보낸다. 샤워 후 다시 대본을 보거나 글을 쓸 때쯤 초인종 소리가 울린다. 나가보니 밖에는 근처에 사는 친구가 맥주를 한가득 사 왔다. 친구와 즐거운 시간을 보내다 친구는 돌아가고 나는 서서히 잠이 들 준비를 한다.

물론 평생을 이렇게만 살 수도 없고 혹여 가능하다고 해도 지루하기 짝이 없을 것이다. 다만 상상한 바와 같이 평온한 일상을 중심으로 여러 일들이 벌어진다면 삶의 중심을 잃지 않은 채 살아갈 수 있을 거란 생각이 든다. 일단은 글일 뿐이지만 그래도 쓰다 보니 '이루어지면 얼마나 좋을까.' 하는 생각에 미소가 절로 나온다.

이 정도면 꽤 소박한 상상일까? 아니다, 누군가에겐 배부른 소리로 들릴지도 모르겠다. 쓰다 보니 부모님의 부담을 덜어드리고 싶은 마음이 제일 크다. 하는 일이 잘되어 부모님께서 기뻐하셨으면 좋겠고 덩달아 나 역시 즐거운 삶을 살고 싶다. 주위 사람들을 더 많이 챙기고 싶고 많이 나누고 싶다. 힘든 친구나 후배들의 이야기에 공감하며 위로해 주고 싶고 선배님들과 함께 작품을 하면서 깨우치며 배우고 싶다. 결단코 혼자이고 싶지 않다. 모든 걸 다 가졌는데 정작 나눌 이 없이 혼자라면 꽤 외로울 것이다.

이 모든 것을 종합해 본다면,

나는 내 삶에 책임감 있는 사람이되, 외롭지 않은 사람이 되고 싶다.

지금의 변 2023년 여름.

　10년이 지난 지금 이 글을 다시 보니 '난 참 세상모르고 큰 꿈을 꾸었구나.' 하는 생각이 든다. 부암동의 전셋집이라니. 낭만이 과하여 현실 감각이 없었다. 세상 물정 모르는 철없는 그때의 나라는 걸 글을 정리할 때마다 느낀다. 그때의 나는 서울에서 사는 것을 정말 좋아했나 보다. 현재는 일이 있을 경우를 제외하곤 예전처럼 서울을 자주 나가진 않는다. 수원에서 나고 자란 탓인지 익숙한 동네의 생활 반경을 벗어나는 일이 그리 간단치 않다.

상상 속 내 삶과 지금의 삶을 비교해보자면 사는 장소와 물밀듯이 들어오는 캐스팅 제의, 중심이 잡힌 일상의 삶을 제외하면 비교적 현재의 삶과 크게 다르진 않다. 경제활동을 통해 독립적인 삶을 살고 있고 일이 없을 땐 간단한 요리를 해 먹으며 와인과 맥주를 즐긴다. 종종 드라마 출연을 마치고 집에 돌아오면 그날의 보상으로 먹고 싶은 음식을 주문하여 먹기도 한다. 부모님께 용돈까진 드리지 못하고 있으나 종종 전화를 드려 필요한 물건들을 확인하곤 선물해드리고 있다.

다만 주변을 대하는 태도는 조금 달라졌다. 주변 사람들과 나누며 살고자 하는 마음은 변함없지만 이따금 외로움을 자처하기도 한다. 그러니까 지금은

외롭지 않은, 외로운 삶을 지향한다.

색안경

2013년 여름.

몇 년 전부터 오디션 프로그램의 붐이 일고 있다. 그 분야 또한 실로 다양하여 가수, 배우, 요리, 댄스 등 각기 다른 전문 분야에서 참가자들은 치열하게 경쟁한다. 예선부터 결선 무대까지 힘겹게 준비하는 과정들을 보고 있자면 마치 그들과 함께하고 있다는 착각을 일으킬 정도인데, 이는 시청자들이 참가자들을 응원하고 매주 방송을 챙겨 볼 수밖에 없도록 만드는 이유가 되기도 한다. 하지만 그 이후 비슷한 형식의 프로그램들이 우후죽순으로 생겨나면서 오디션 프로그램 특유의 강렬했던 첫인상은 사라져버렸고 그 자리를 점차 익숙함으로, 더 나아가서는 피로감으로 채우게 되었다.

며칠 전 주변으로부터 서바이벌 가수 오디션 프로그램을 봐보라는 추천을 받은 적이 있다. 하지만 이미 오디션 프로그램이 지겨워진 상태였기에 시큰둥한 반응을 보였다. 아무리 할 일이 없어도 그것만큼은 보지 않겠다는 마음으로.

그러던 어느 날. 문득 추천받았던 프로그램이 생각나 별생각 없이 최근 방송을 찾아보다가 그 자리에서 그동안 방영되었던 것을 전부 찾아보는 사태에 이르렀고, 그때 난 깨달았다.

나는 '성급한 일반화의 오류'를 범하고 있었다는 것을.

비슷한 오디션 프로그램이 많아지자 '이제는 그만 좀하지.'라는 시선으로 외면했었는데, 다시금 시청하니내 편견을 인정하지 않을 수 없었다. 프로그램에 참여하는 참가자들은 시즌별로 제각기 달랐고 그들의 간절함과 펼쳐내는 능력들은 방 안에서 기회를 기다리며 웅크리고 있는 나에게 대리만족을 넘어 뜻 모를 성취감까지 느끼게 했다. 그들이 매주 한 번의 무대를 위해 쏟아내는 열정과 인내, 노력들을 지켜봄으로써 현재의 나태한 나를 돌아볼 수 있었고, 경쟁 구도이지만 동료가 탈락함에 눈물을 흘리는 장면에서는 진한 동료애를 느낌과 동시에 그동안 소홀하게 대했던 내 친구들과 동료들이 떠올랐다. 이렇게 많은 것을 느낄 수 있는 기회를 '지겨울 것.'이라는 성급한 편견으로 외면하고 있었다니.

인간관계에 있어서도 성급한 일반화의 오류를 통해 상대방을 평가하고 바라본 건 아닌지 생각해 본다. 상대방에 대해 미처 알지 못하는 부분이 있었을 수도, 정보가 잘못된 것일 수도 있다는 생각을 그동안은 하지 못했다. 단지 남에게 들은 이야기를 마치 내가 경험한 것처럼 인지하고 색안경을 낀 채 상대방을 바라보고 평가했던 것. 수많은 오해의 이유들이 있었을 텐데. 단지 '내 생각이 옳다.'라는 고정관념으로 혹은 별다른 생각을 하고 싶지 않아 '그냥 그럴 거야.'라는 식으로 상대방을 지레짐작하진 않았던가.

내게 여러 깨달음을 준 오디션 프로그램, 그리고 참가자분들에게 감사한 마음을 전한다. 또한 지금 이 순간에도 어디선가 남모르게 자신의 한계에 도전하는 이들에게도 존경을 표한다. 성급한 일반화의 오류를 범하지 말자고, 이제는 깨달았다고 하지만 무심코 같은 실수를 저지를 수 있기에 스스로 색안경을 끼지 않도록 경계하고 또 경계해본다.

지금의 변 <small>2023년 여름.</small>

10년이 지난 지금도 오디션, 서바이벌 프로그램은 여전히 인기가 좋다. 최근 방영했던 〈강철 부대〉, 〈피지컬 100〉, 〈사이렌: 불의 섬〉 등이 그 예다. 참가자들의 각오와 함께 시작되는 미션들을 숨죽이고 바라보며, 시청 중에 응원하는 팀이 아찔한 상황에 놓이면 탄식하곤 했다. 그들의 우정과 끈끈함을 보며 눈물을 훔친 적도 수차례. 사람들이 서바이벌 프로그램들을 좋아하는 이유는 참가자들이 꿈을 이루기 위해 사투를 벌이는 모습에서 카타르시스를 느끼기 때문이라 생각한다. 물론 그보다 더 단순한 나만의 이유는 고군

분투하는 그들을 바라보며 일종의 대리만족을 하고 있기 때문일 테다.

생각해 보니 10년 전이나 지금이나 나는 방 안의 모니터를 통해 타인의 노력과 투지, 성취 등을 바라보며 무전취식을 하고 있었다. 단순히 예능 프로그램으로 즐기면 될 것을 프로그램이 끝나고 다음 화의 예고가 나올 때쯤, 어느 순간 현실로 돌아와 나를 돌아보게 되는 거다. 지금 나는 무얼 하고 있는지. 헛헛한 마음으로 괜스레 일정 없는 스케줄 앱을 확인해 보곤 시무룩해지길 반복한다.

아니다. 그만 생각하자.

연인과의 관계에서도 모든 순간 도파민이 분출되는 상태라면 그것 또한 문제다. 지금의 나 역시 삶의 자연스러운 과정이겠거니 생각하며 괜히 가만히 있는 스스로를 쿡쿡 찌르지 않겠다고 마음을 다잡는다.

사람에 대한 선입견은 자신 있게 없다고 말하고 싶지만, 실은 아직도 완벽하진 않다. 상대방의 언행과 보이지는 것 등으로 찰나의 순간, 어떠한 판단을 내릴 때가 있으므로. 다행히도 지금은 바로 정정하며 선입견을 갖지 말자고 생각하는 편이다. 누군가의 말에 따르면 나역시 이상한 사람인데 이런 이상한 내가 누구를 판단한다는 건 어쩌면 더 이상한 일일 테니까. 누구를 판단하기보다는 스스로를 살펴야겠다고 생각해 볼쯤, 기다리던 서바이벌 프로그램의 방영일임을 알아챘다. 예능은예능일 뿐 나를 비롯한·다른 사람에 대한 판단은 그만, 이젠 그저 방송을 방송으로써 즐기기로 한다.

없는 사람끼리 도와야지

2011년 가을.

　연극 연습이 끝난 후 술자리를 파하고 집으로 향하는 길. 후배와 나는 가는 방향이 같아 종종 함께 집으로 향하곤 한다.

　"형 집에 어떻게 가실 거예요?"
　"나? 지하철 타고 가다가 사당에서 버스 타고 가야지?"
　"그래요? 그럼… 혹시 버스비가 부족한데 천 원만 빌려주실 수 있으세요?"
　"찾아볼게. 있다! 자, 여기.

"고맙습니다."

"고맙긴 뭘. 없는 사람끼리 도와야지."

내 입에서 이 말이 떨어지자마자 후배는 한바탕 시원
하게 웃는다. 우리의 처지를 가감 없이 표현한 말이어
서일까? 아니면 없는 사람끼리 돕는다는 말 자체가 재
미있어서 그런 걸까? 어쨌든 난 그런 후배의 웃음에 덩
달아 즐겁다. 후배가 고맙다고 할 때면 자동으로 튀어
나오는 이 한마디 말.

"없는 사람끼리 도와야지."

동전 하나를 건넬 때도, 물 한 모금을 건넬 때도, 집
에서 먹는 김치가 맛있어서 한 포기를 건넬 때도, 후배
의 고맙다는 말에 나는 의식적으로 꼭 이 말을 했다. 그
이유에 관해선 딱히 생각해 보진 않았지만, 아마도 처
한 현실을 유쾌하게 말하고 싶었거나 작은 것이라도 나
누며 정을 쌓고 싶었기 때문일 것이다. 마음을 그대로
표현하자니 부끄러워 농담처럼 돌려서 말한 것도 있고.

'가진 것과 상관없이 서로 나누며 정겹게 살 순 없

을까?'

가진 것이 많아지고 무언가를 지켜내려 할수록 정작 중
요한 것을 잃어버리거나 잊어버리는 일이 많아진다. 이
와 같은 생각이 들 때면 나는 태평양의 작은 섬 '아누타'
를 떠올린다. 언젠가 그곳 사람들이 살아가는 이야기를
다큐멘터리를 통해 본 적이 있는데 그 느낌이 좋아 오
래 잔상이 남았다. 아누타섬의 환경은 사람이 살아가기
에 거칠고 좋지 않지만 그들은 '아로파'라는 것을 통해
함께 살아가는 지혜를 터득했다고 한다.

  아로파: 힘들고 어려울 때 함께 나누는 상생의 삶.

  혼자서 걷기에는 인생길이 길고 험난하기에 나부터
서로 나누며 주변과 함께 나아가고자 한다.

지금의 변 2023년 여름.

그 당시에는 정말 돈이 없었던 것 같다. 한 해 동안 적은 기회로 출연한 연극을 통해 버는 수입은 지출을 감당하기에 급급했다. 그렇지만 없는 형편에도 서로 나누며 의지한 그때를 떠올리면 정겨운 마음이 든다. 지금의 삶에서도 크게 달라진 점은 없지만 과거에 비하면 비교적 안정적이라고 생각한다. 수입과 지출에 대한 구분을 명확히 하고 지출이 많은 달엔 가능하면 소비를 절제한다. 10년 전에도 그렇게 했다면 좋았겠지만, 당시에는 수입이라는 것도 큰 의미가 없던 때라 경제 관념에 대해 생각해 볼 여유가 없었다.

현재는 학교에 수업을 나가거나 문화예술기획 사업을 하는 등 나름의 경제활동들을 병행하며 일상을 살아가고 있다. 배우로서 직접적인 활동은 아니지만 어느 정도 관련이 있는 일들을 하고자 하는 편이다. 물론 '배우'와 관련되지 않은 그 외의 분야에서도 일을 해보았지만 통장의 여유만 있을 뿐 내가 누구인지 도통 알 수 없어 내면은 더 괴로울 때가 많았다. 그 이후론 최소한의 '배우', '연기'와 관련 있는 일을 하려고 한다. 이는 나름 건강한 삶을 살기 위해 내린 선택이다.

작은 것을 나누는 삶은 여전히 지향한다. 당시의 김치와 잔돈을 나누었던 것처럼 지금도 주변의 친구들을 초대해서 맛있는 음식을 나누기도 하고 생필품을 사러 나가는 길에 문득 친구들이 했던 말이 떠올라 전해줄 요량으로 몇 가지를 더해서 구입하기도 한다. 마음을 나누는 일에도 마찬가지다. 소원했던 친구들이 떠오르면 메시지를 보내 안부를 전한다. 특별한 이유가 있어서 연락하는 것이 아니기에 '문득 생각나서.'라는 문장을 사용하는 편인데 이는 정말 문득 떠올랐기 때문이기도 하지만, 평소 소홀했던 것에 미안함을 표현하는 나만의 사과법이기도 하다.

앞으로도 나누는 삶을 지속하고자 한다. 상대를 떠올리고 온정을 나누는 따뜻함, 자체가 좋기 때문이다. 자신만을 생각하는 삶에서 벗어나 누군가를 생각하고 나누는 행동을 통해 내 마음도 그만큼 넉넉해지길, 더불어 우리 모두의 삶에 따뜻한 온기가 깃들길 소망한다.

동료의 시련

2013년 겨울.

2010년, 10월. 극단에 입단하여 같은 지역에 사는 영노라는 동생을 만났다. 나이는 나보다 한 살 어렸지만 기수는 위였기에 처음 우리는 서로 존댓말을 했다. 그러나 연기에 관한 여러 가지 생각들과 살아온 시간의 결이 맞았는지 우린 순식간에 가까운 사이가 되었고, 누구에게도 터놓을 수 없는 고민들을 나누며 서로에게 의지했다. 아니, 생각해 보면 내 쪽이 영노에게 더 많이 의지했던 것 같다. 극단에서 영노는 선배이자 누구에게나 인기가 많은 쪽에 속하였고 난 이제 갓 들어온 신입이었기에.

그렇게 함께 극단 생활을 해오다가 올해 초 나는 극단을 나오게 되었다. 영노는 극단에 남아있었지만 그 후로도 우린 곧잘 만나 없는 살림에도 십시일반 하여 포장마차든, 술집이든 가진 돈을 아슬아슬하게 맞추어 가며 술을 마시곤 했다. 우린 왜 이렇게 가난해야 하는지, 앞으로 어떻게 살아야 하는지, 좋은 연기란 어떤 것인지 등등 시시콜콜한 이야기부터 앞으로의 미래에 대한 이야기까지 숨김없이 서로의 생각을 나눴다. 여전히 영노는 부담 없이 만날 수 있는, 늘 만나면 즐거운 좋은 친구이다.

영노의 이야기를 조금 더 하자면 그는 유년 시절 굉장히 유복했다고 한다. 그의 할아버지께선 은행의 이사장직을 역임하셨고 그 당시 살고 계신 동네의 거의 절반을 소유셨다고 한다. 그러나 여러 사정으로 집안이 어려워져 현재 영노는 어머니와 함께 옥탑방에서 지내고 있다. 그럼에도 불구하고 작품 출연료가 나오거나 목돈이 들어오면 가족을 먼저 챙기며 늘 웃음을 잃지 않는 영노는 참 유쾌한 성격의 친구이다.

어느 늦은 오후. 집에서 쉬고 있는데 영노에게 전화

가 걸려 왔다. 어머니께서 쓰러지셔서 병원에 게시다는 것이었다. 걱정스러운 마음을 다독이며 자세한 이야기는 만나서 듣기로 하고 일찍 잠자리에 들었다.

새벽 5시를 조금 넘은 시각. 울리는 진동 소리를 확인해 보니 영노의 전화였다. 어머니께서 매우 위독하신 상황이라 마음의 준비를 하고 있으라고 했다며 울먹였다. 영노의 목소리에 서둘러 영노의 어머니가 계신 대학병원으로 향했다. 대학병원 응급실 센터 앞에서 만난 영노는 새벽 내내 울은 듯 두 눈이 빨갛게 충혈되어 있었다. 영노의 얇은 잠옷 차림이 당시의 다급했던 상황을 말해주고 있었다. 영노의 어머니는 새벽보다 많이 좋아진 상태지만 콩팥이 좋지 않아 투석 중이셨고 응급실에서는 상황을 더 지켜봐야 한다고 했다. 영노는 어머니의 상태를 알아차리지 못한 자신을 눈물로 자책했다.

"논을 벌어야 했었는데…"

병원비를 걱정하며 말을 잇지 못하는 영노. 연극을 하고 있는 자신이 원망스럽다면서 슬퍼하는 모습에 난 그 이떤 위로의 밀도 선할 수 없었다. 아무런 말도 떠

오르지 않아 그저 말없이 손을 꼭 잡아주며 힘껏 안아
줄 뿐이었다.

집으로 돌아오는 길. 영노와 영노의 어머니가 차가
운 응급실에서 앞으로 견뎌야 할 시간들을 떠올리니 마
음이 무겁다.

"내가 누구 때문에 이렇게 사는데! 누구 때문에 성공
하고 싶은 건데!"

버스가 흔들릴 때마다 영노의 울먹임이 머릿속을 흔
들었다. 놀라고 무서웠을 텐데 "힘내야죠."라고 담담히
말하는 영노. 순간 그가 어른처럼 느껴졌고 철없는 나
의 모습이 민낯으로 반사되어 부끄러웠다.

그 후 시간이 지나 오랜만에 영노를 만났다. 평소 같
으면 맥주 정도야 가뿐히 마실 그였지만 어머니의 일을
계기로 술을 끊었다며 입에 대질 않았다. 다행히 영노
의 어머니는 의식이 돌아왔다. 점차 좋아지고 계시기에
영노 또한 웃음을 되찾았으며 웃고 있는 영노의 얼굴을
보니 마음이 한결 놓였다.

"영노야, 어머니가 쾌차하셔서 전처럼 기운차게 일어나시면 전에 말했듯, 우리 제주도로 꼭 떠나자. 그동안 쉼 없이 작업하며 여유 없이 살아오느라 삶이 갑갑하다고 했잖아. 제주도의 바람을 등지고 풍경을 바라보며 무심히 걷는 여행을 꼭 함께하고 싶어. 원망보단 감사한 삶을 살아가는 너의 모습을 보며 나 또한 닮고 싶다는 생각을 하는 요즘이야. 앞으로 너에게 더 좋은 일들이 많이 생기길 진심으로 응원해. 영노야, 힘내자."

지금의 변 2023년 여름.

    우선 영노와 그의 어머니는 건강히 잘 지내고 계신다. 함께 수많은 시간을 보냈던 우리는 사소한 무언가를 계기로 몇 년간 연락하지 않고 지내다가 1년 전 다시 연락하기 시작했다. 다시 연락하게 된 계기는 정확히 기억나지 않는다. 다만 예전과 같은 사이로 돌아오기까지 그리 오랜 시간이 필요하지 않았다는 사실만 선명할 뿐이다. 언제나 영노와의 관계는 정해진 시각에 맞춰 기차역에 도착하는 열차처럼 자연스럽다. 서로에게 소원했던 적도 있었으나 지금은 언제 그랬냐는 듯 집 앞에서 맥주를 기울이며 서로의 안부를 묻는 우리. 영노를 통해 '오래 알고 지내 온 사이는 공백의 시간이 무색할 만큼 관계를 복원하는 능력이 뛰어나다.'라는 사실을 깨달았다. 최근 새로운 집으로 이사한 영노. 여전히 열심히 지내고 있기에 새로운 집에서도 좋은 일들이 늘 그와 함께하길 소망한다. 그때 못 갔던 제주도 여행은 언제쯤 갈 수 있을까? 다음에 만나면 물어봐야겠다. 물론, 이미 영노의 대답을 알고 있지만.

"무조건 콜이죠."

글쓰기를 멈추고 3년이 지난 현재

2016년 여름.

    2013년 4월. 언제쯤 인정받는 배우가 될는지 기약 없는 기다림에 지쳐있을 때쯤 처음으로 글을 쓰기 시작했다. 구체적으로 어떤 종류의 글을 써야겠다고 생각했던 건 아니다. 그저 노트북 앞에 앉았을 뿐이고 마음속 응어리들이 자연스레 글로 이어졌다.

    3년이 지나 그 당시의 글들을 다시 읽어본 지금. 참 부끄럽고 창피하다. 삶을 바라보는 눈이 있으면 얼마나 있다고 제 마음대로 쓰고 판단했으며 멋은 왜 그리도 부렸는지. 하얀 화면에 깜박이는 커서를 그간 분출하지 못한 감정의 휴지통이라 생각하고 마음대로 써재

겼던 것 같다.

그리고 지금 난 또다시 노트북 앞에 앉아있다.

3년 만에 또다시 슬럼프 시즌이 돌아온 것이다. '나는 할 수 없다.' 혹은 '나만 잘 못 살아가고 있다.'라는 생각이 뇌리에 박혀 이런저런 생각들로 끊임없이 쳇바퀴를 굴리다가 지쳐 나가떨어지는 생활의 반복. 당장 오늘도 책임질 수 없을 것 같은 불안감에 내가 걸어온 길에 의심마저 든다. 지금이라도 포기하고 영업직 사원이라도 해야 하는 건지 별의별 생각들이 시도 때도 없이 내 심장을 쿡쿡 찌르고 발로 찬다. 상처는 아물기 마련이고 우리에겐 신이 주신 망각이라는 선물도 있다는데 왜 꼭 이 시기가 되면 마음의 생채기는 아물 줄을 모르고 출혈은 날이 갈수록 심해지는 건지.

나는 지금 광활한 사막의 한가운데 고립되어 있다. 그곳에 있는 우물에 빠져 세상 모든 이들과 격리되어 작고 동그란 하늘만 바라보는 한없이 외로운 존재가 되어버렸다. 누구도 손 내밀어 주지 않을 것 같고 누구도 거들떠보지 않는 것 같은 나. 가장 보고 싶지 않은 나의 모습. 가까운 사람들에게 살려 달라 매달려 보고도 싶지만 그들의 처지를 아는 이상 그럴 수도 없다. 옴짝 달싹할 수 없이 포박되어 한없는 늪 속으로 천천히 빨려 들어가고 있는 지금. 하루빨리 이 상황에서 벗어나고 싶지만 그게 마음대로 된다면 이렇게까지 잔인하다는 생각도 들지 않겠지.

'이 문을 통과해서 저 문으로 간 다음 그 문을 열고 막다른 길에서 우회전하면 출구야.'라고 적힌 가이드북이라도 있다면 얼마나 좋을까. 소리소문없이 찾아와선 한 사람의 인생을 뒤죽박죽 흔들어 놓고 흔적도 없이 사라지는 슬럼프. 이건 뭐 '깡패와 다를 바 없지 않은가.'라는 생각이 들 때쯤, 마음 한편에선 그건 비약이 너무 심한 거 아니냐며 슬며시 반기를 든다. '그래. 겪고 나면 단단해지겠지. 단단해질 거야.' 하지만 지금은 무슨 소용이란 말인가. 하루빨리 이놈이 조속하게 방을 빼주었으면 좋겠다는 생각뿐이다.

3년 만에 찾아온 슬럼프. 그리고 다시 노트북 앞에 앉아있는 지금. 자연스레 이 시기가 지나간다면 글 쓰는 것도 멈추어지겠지. 이번엔 어떤 사건과 이야기들로 이 폴더를 채워갈지 궁금하기도 하다. 글을 쓰는 것을 멈추기 위해 글을 쓰고 있는 지금. 이 아이러니한 취미 생활이 얼른 끝나버리길 간절히 바랄 뿐이다.

지금의 변 2023년 여름.

　끝없이 치고 들어오는 슬럼프의 굴레에서 혹여나 주변에 피해가 갈까 두려워 글쓰기로 스스로를 위로했던 지난날. 지금도 별반 다르지 않기에 언제쯤 '나이에 걸맞은 모습으로 살아갈까.' 하는 막연한 생각을 해본다.

　글쓰기를 멈추기 위해 글을 썼던 기억들. 일상이 평화롭고 행복했을 땐 무언가를 쓰고 싶다는 생각이 들지 않았지만 슬럼프가 찾아왔을 땐 달랐다. 모든 것이 엉망이라 무엇도 할 수 없고 생각조차 아득하여 덜어내고자 글을 썼다. 적어도 글을 쓰고 있을 땐 수많은 생각들로부터 스스로를 지켜낼 수 있었기에 그나마 했던 나를 위한 행동이었다.

이 글을 끝으로 글쓰기와는 멀어졌지만 이후 처음으로 각본을 쓰고 연출했던 〈플라스틱 앙상블〉이란 단편 영화를 완성했다. 그러고 보면 나는 한순간도 글쓰기를 멈추지 않았다. 작년에 완성한 단편 영화 〈오늘은 내일을 만날 수 있다〉까지. 글쓰기를 멈추었다고 생각한 그 이후 총 4편의 단편 영화를 쓰고 완성했으니 말이다. 어찌 보면 글쓰기는 늘 나와 함께했는지도 모른다.

언젠가 또다시 슬럼프가 찾아오면 나는 과거와 같이 벗어나고자 몸부림치지 않을 생각이다. 모든 것을 자연스레 받아들이는 편이 나에게 가장 이로운 대처임을 잘 알기에. 과거에는 자신을 지키기 위한 글을 썼다면 이제는 삶을 마주하고 느껴지는 일상의 면들을 기록하고 싶다.

승률 0%

2013년 가을.

'아빠를 다시 못 본다고 속상해하지 말렴. 나의 어둠
으로부터 너를 보호하기 위해서란다. 하지만 나의 선
한 부분은 항상 네 곁에 있을 거야. 그리고 우린 항상
같은 눈으로 세상을 바라볼 거란다. 사랑하는 아빠가.'

영화 〈파리 5구의 여인〉에 나오는 대사이다. 자신
과 함께 있으면 주변 사람들에게 불행이 찾아온다고 믿
는 소설가의 이야기. 영화가 끝난 후 엔딩 크레디트는
마음속 울림과는 상관없이 주인공이 처한 현실처럼 차
갑게 올라갈 뿐이다. 그리곤 스스로에게 질문해 본다.

내 안의 어둠에 대해서. 차마 누구에게도 말하지 못한 내 안 깊숙한 곳에 숨겨진 두려움에 관해서.

두려움. 우리는 살면서 많은 종류의 두려움과 맞닥뜨린다. 외부로부터 강한 경계심을 느낄 때, 나의 추함이 온 천하에 드러나려 할 때, 죽음과 직면할 때 등과 같이 우리는 삶 곳곳에서 이 두려움이라는 녀석과 마주한다. 죽을 때까지 끝나지 않는 두려움과의 전쟁. 두려움은 무지에서 비롯된다는 말도 있듯 전쟁의 승기를 잡기위해서는 어쩌면 무지를 잡아야 하는지도 모른다. 하지만 무지란 녀석도 결코 만만치 않다. 알 도리가 없기 때문이다. 내일 무슨 일이 일어날지, 지금 하고 있는 일이내 인생에 얼마나 큰 영향을 미칠지 등등, 한 치 앞도 알수 없다. 그럼 대체 어쩌란 말인가.

'승률 0%의 싸움을 죽을 때까지 해야만 하는 인생은참으로 고달프다.'

한 번쯤은 이 두려움을 이겨보고 싶은데 공략할 방법이 없다니. 그래서 무서운 것일까? 하루하루 여러 사람을 만나 순간의 생각을 정리하고 행동한다. 그리고 그 과정에서 스스로 인지하고 있든, 그렇지 않든 피할 수 없는 실수를 범한다. 문제는 이 실수가 얼마만큼 큰 영향으로 내 인생에 관여할지 알 수 없다는 것이다. 별다른 선택지 없이 그저 받아들여야 한다는 옵션만이 존재한다는 것이 가혹하게만 느껴진다. 잠깐의 실수가 때론 강한 펀치로 돌아올 때가 있으니 말이다.

삶의 맷집을 키우는 방법 외엔 별다른 도리가 없어 보인다. 고민 끝에 최선의 선택이었던 '바르게 살아서 실수를 줄이자.'라는 다짐 또한 때때로 무력함을 내비친다. 내 상식이 누군가의 비상식이란 말도 있듯, 스스로 생각하고 실천하는 바름이 상대에게 어떻게 작용할지는 아무도 모르기에 이 또한 그리 완벽한 방법은 아닌 것 같으므로. 결국, 순간의 실수를 인정하고 받아들이는 수밖엔.

두려움을 완벽히 이겨내긴 어렵겠지만 적어도 대적했을 때 위축되지 않는 맷집을 기른다면 어느 정도는 해볼 만하지 않을까.

"그래! 오늘도 왔다. 한판 해보자! 어제는 1라운드

K.O였지만 오늘은 그리 호락호락하지 않을 거다. 내
일도 모레도 어차피 지는 싸움이지만. 끝까지 한번 붙
어 보자!"

오늘도 난 이 녀석과 한판의 경합을 벌이는 중이다.
결과는 중요치 않다. 삶의 맷집으로 내 주위에서 일어
나고 있는 모든 일을 묵묵히 인정하고 받아들일 요량
이다.

지금의 변 2023년 여름.

여전히 나에게 이 글과 같은 패기가 있다면 지금처럼 10년을 돌아보며 글을 쓰고 있진 않을 것 같다. 만약 그랬다면 보다 강해진 정신력으로 삶을 즐기기에 바빠 과거를 돌아볼 여유는 없었을 것이다.

이때의 글은 어쩌면 최후의 발악이자 선전포고였을지도 모른다. 스무 살이 지나 서른을 맞이하고 미래가 보이지 않는 불안정한 현실에서 누구도 해주지 않는 격려를 스스로에게 했던 것이다. 10년이 지난 지금의 나 역시 그때와 별반 다르지 않다.

오히려 두려움과 불안의 종류도 많아졌고 찾아오는

횟수도 점차 늘었다. 이유 없는 두근거림에 잠을 뒤척이고 불현듯 떠오른 생각을 몰아내고자 온전히 호흡에 집중하는 일들도 다반사. 눈앞에 놓인 걱정들보다 가깝고 먼 미래의 무언가로부터 간헐적으로 내 마음은 어지럽혀져 지쳐있는 상태다.

어느 날 버스를 타고 집에 돌아오는 길이었다. 그저 멍했을 뿐인데 순간 예전 촬영 현장에서의 풍경들이 파노라마처럼 눈앞에 스쳤다. 커다란 밴에서 내리는 감독님과 촬영 관계자들의 모습, 정신없이 세팅되는 촬영장의 장비들, 그사이를 오고 가는 수많은 사람들. 그러다 문득 정신을 차려보니 다가온 나의 차례. 모두가 숨죽이는 순간. 해내야 하는 걸 알고 있음에도 이내 머리와 입이 모두 얼어붙고 말았던, 그때 그 찰나의 순간. 누구에게도 꺼내 보이고 싶지 않았던 나의 두려움이 만천하에 드러났을 때, 그때 난 무엇도 내 의지대로 움직일 수 없었다.

나른한 오후 버스 안에서 문득 찾아오는 두려움의 기억들. 한두 번이 아니기에 그저 별일 아닌 듯 눈앞의 차창 밖을 가만히 응시했다.

도로를 달리는 버스와 자동차들.

크기도 제각각이고 가격도 천차만별이지만

그것과 관계없이 차들은 일정한 흐름으로

같은 도로를 달리고 있다.

주변의 모든 것들은 크기나 가치와는 상관없이 그저 도로 위에 존재하고 있었다. 촬영장에서의 모습도 마찬가지였다. 그저 자신의 몫을 묵묵히 해내면 그만이었다. 그동안 내 안의 두려움의 실체를 끄집어내어 세세하게 묻고 따지고 싶은 충동이 들었지만 이내 그 마음은 사그라지고, 적막만이 남았다. 그리고 전과 다른 기척을 느낄 수 있었다. 앞으로는 달라질 것만 같은.

크기와 형태에 압도되지 않고 단순히 내가 할 일을 해내고자 한다. 줄지어가는 주변의 차들과 같이 나를 둘러싼 모든 것들을 일정한 흐름으로 자연스럽게 받아들이고자 한다.

방안의 작은 어항

2013년 여름.

　내 방의 한쪽 벽면에는 움직이지 않는 붕어 두 마리가 있다. 가로 20cm, 세로 10cm의 하얀 배경에 갇혀있는 어항 속의 붕어 두 마린 어느 전시에서 받은 도록 안의 그림이다. 붕어들은 옅은 빨간색을 띠고 있으며 일년 삼백육십오일 같은 자세를 유지한 채 서로 다른 방향을 바라보고 있다. 방의 벽면에 붙여진 지 어언 4년. 자유로이 움직이고 싶을 텐데 한 번을 불평하지 않고 생동감을 유지한 채 일시 정지 상태로 멈춰 있는 두 마리의 붕어들. 의지할 건 그 둘뿐일 텐데 서로 말 한마디 없이 긴 시간을 살도 지낸다.

같은 시간, 같은 공간. 우리는 각자의 방향을 바라본 채 침묵을 유지하지만, 때론 서로를 향한 찰나의 눈길만으로도 위로를 얻곤 한다. 누군가와 함께한다는 사실 그 자체만으로도, 혼자가 아니라는 생각만으로도 괜한 의지가 된다. 그들의 꿈은 어딘가로 헤엄쳐 자연스레 흘러가는 것. 나의 꿈은 여러 작품에서 활발하게 활동하며 대중의 인정을 받는 배우가 되는 것. 우린 모두 어딘가로 흐르길 바라지만 결국 남아있는 곳은 사방이 하얀 벽으로 둘러싸인 작은 방안이다. 이곳에서 그저 조용히 각자의 생각을 품은 채 지낼 뿐이다.

여기엔 그 어떤 절망도 기쁨도 없이 단지 매 순간만이 기록된다. 시계의 초침 소리에 시간이 흐르고 있음을 인지하며 할 수 있는 일들을 떠올려보지만, 그 어떤 생각들도 명확하지 않아 답답함에 한숨짓는다.

움직이고 싶으나 움직일 수 없는 붕어 두 마리와 움직일 수 있지만 움직이지 못하는 나.

시간이 흘러 다시금 움직일 수 있는 힘이 모였을 때 모든 힘을 하나로 모아 이 방안을 빠져나갈 수 있길 간절히 바란다. 그때가 온다면 오랜 시간 유지했던 침묵

을 깨고 두 마리의 붕어들을 향해 해냈노라고, 너희도
할 수 있다고 자신 있게 말하고 싶다. 어항 밖을 자유롭
게 유영할 그날을 소망하며 오늘도 나는 그들의 침묵의
여정을 응원한다.

지금의 변 2023년 여름.

    그 당시의 책상 벽면에 붙여둔 물고기 두 마리의 그림을 보며 난 그것과 닮아있다고 생각했다. 엽서 크기의 프레임 안에서 벗어날 수 없는 두 마리의 물고기와 정체되어 있는 내 모습을 동일시하며 위로했던 기억.

    당장 할 수 있는 일을 떠올려 봤을 때 아무것도 없음에 무기력했던 그때. 조용한 방 안에서 침묵의 시간들을 보내던 내가 안쓰럽게 느껴진다. 일단 방에서부터 나왔어야 했는데 그것조차 쉽지 않아 주저하길 반복하다 결국 포기했던 시간들. 날카로운 칼날과 같은 예리함을 유지하고 있어야 한다고 생각했지만 결국 꺼내 보지도 못하고 그 칼날에 스스로가 베었다.

누군가 찾아주지 않으면 일을 할 수 없음에 무던히 도 탈출구를 찾았으나 정작 그때 내가 해야 했을 일은 스스로를 돌보며 다가올 무언가를 위한 준비를 하는 일 이었다.

현재는 심연에 가라앉기를 택하는 쪽이 아닌 의지를 갖고 할 수 있는 일들을 찾아서 하는 편을 택했다. 하나 씩 해내다 보면 뜻하지 않는 기회로 생각지도 못한 길 을 발견할 때가 종종 있으므로.

이사한 공간의 벽면에는 무언가를 붙여놓지 않았다. 비어있는 벽을 바라보며 생각을 비워낼 수 있는 것이 좋기도 하고 더 이상 무언가를 가두어 놓고 싶지 않다 는 생각이 들기도 해서. 여전히 나는 내 방 안에 있을 때 안전하다고 느끼지만 지난날과 마찬가지로 온 힘을 내어 밖으로 나가길 소망하고 있다.

11층

2013년 여름.

내 방에서 바라보는 11층 바깥의 풍경. 시야의 대부분은 20층의 거대한 아파트가 떡하니 가로막고 있다. 오른쪽 끝으로 시선을 돌리면 이따금 지나가는 버스와 자동차들 사이에 신호등 불빛만이 깜박인다. 그러다 문득 바닥을 내려다본다. 차갑고 어두운 심연. 삶이 얼마나 힘들고 고달팠으면 아찔한 높이의 이곳에서 하나의 안전장치 없이 몸을 던졌을까. 차가운 아스팔트 위에 힘없이 떨어지는 누군가를 생각한다. 36.5도의 체온을 마다하고 차디찬 5도를 택한 그들. 뉴스에선 연일 학교폭력과 성적 비관으로 짧은 생을 마감한 안타까운 일들이 숱하게 보도됐다. 가해자와 피해자만 있을 뿐, 그 어떤 안전장치로도 그들을 막을 수는 없었다. 후속 조치만 빠르게 이루어 질 뿐 사건은 그렇게 잊혀 간다. 많은 세간의 관심 속에서. 근본적인 대책 없이 경각심만을 강조하는 슬로건 속에서. 그렇게 가족들의 울분만이 덩그러니 남겨지고 그들의 목소리는 시간이 지남에 체념으로 사그라져 결국 마음속의 응어리로 단단하게 굳어진다. 되돌리고 싶지만 되돌릴 수 없는 후회 속에서 남겨진 이들은 대체 어떻게 일평생을 살아갈 수 있을지 감히 상상조차 할 수 없다. 누구의 잘못이란 말인가? 그저 철없이 장난으로 시작한 가해 학생의 잘못인가. 아니면 고통 속의 매일을 살아가는 학생을 알아차리지 못한 사회의 잘못인가. 그것도 아니라면 높다랗게 건축된 빌딩의 잘못이란 말인가.

지금 이 순간에도 어느 높은 곳에서 숨죽이며 바닥을 내려다보는 그들을 위해 간절히 기도한다. 조금만 더 살아보자고. 이 또한 지나갈 테니 두려워하지 말고 주변에 의지할 누군가에게 마음을 내보이자고. 살다 보면 뜻하지 않게 찾아오는 삶의 온기에 혼자가 아니라는 생각이 드는 순간이 분명 찾아올 것이라고. 힘들면 힘들다고 말하는 것은 절대 부끄러운 일이 아니라고. 오히려 현명하고 용기 있는 행동이라는 걸 알아주었으면 한다고.

또한 가해 학생들은 '살아남기 위해', '강함을 증명하기 위해', '그저 장난으로', '친해서'라는 말들은 결단코 변명이 될 수 없음을 명심했으면 한다. 또한 되돌리기엔 늦은 일도 분명히 있다는 것을 잊지 않았으면 좋겠다. 남은 평생을 죄책감 속에서 고통받으며 살고 싶지 않다면 당장 그만두길 바란다. 지겹게 들리겠지만 외면하는 고개를 억지로 끌어당겨서라도, 두 귀를 막고 있는 손을 강제로 내려서라도 분명하게 말하고 싶다. 너희가 괴롭히는 대상도 누군가의 소중한 존재라는 것을. 없어서는 안 될 희망이자 기쁨인 소중한 가족의 구성원이라는 것을.

지금의 변 2023년 여름.

영화 강사로 중학교 3학년 학생들을 가르치고 있는 지금. 그때도 지금도 학폭으로 인해 세상을 떠난 안타까운 죽음이 연이어 반복됨에 가슴이 아프다. 넷플릭스에서 방영된 드라마 〈더 글로리〉의 주인공 '문동은'은 과거 학폭을 저지른 자들에게 당당히 복수하며 결국 뜻을 이룬다. 마음 같아선 현실에서도 딱 그러했으면 좋으련만. 장난이라는 말로 변명하는 가해 학생들의 모습에 지금도 분노와 좌절의 감정이 오르락내리락한다. 얼마만큼의 처벌의 수위가 정해져야 이 세상에서 학폭이 없어질 수 있을까?

쉬는 시간 교탁 옆 책상에 앉아있으면 가끔 주변을 맴도는 학생들을 발견한다. 그런 학생들은 그저 하릴없이 지구를 맴도는 인공위성과 같은 움직임을 보인다. 그 모습을 가만히 바라보고 있으면 얼마 안 있어 쭈뼛거리며 내게 몇 개의 단어만을 사용해 의사를 전달한다. 대게는 심심해서가 많지만, 때때로 교우관계에 대한 고민도 털어놓는데 그럴 때면 나는 어떠한 조언을 해주기보단 학생의 이야기를 주의 깊게 들어주는 편이다. 그러길 반복하다 보면 어느 순간 웃으며 "쌤!" 하고 나타나서 아무 일도 없었다는 듯 밝게 웃는다.

지난 스승의 날에 한 통의 연락을 받았다.

'선생님, 스승의 날 축하드립니다. 오금중에서 짧은 시간 동안 정말 많은 도움을 받았습니다. 평생을 할 감사를 다 해도 모자랄 만큼 저에게 많은 힘이 되었던 선생님! 제가 밑바닥에 있었던 시절에 선생님을 만나 울기도 하고, 선생님께서는 그런 제게 조언도 많이 해주셨잖아요. 감사한 마음 평생 잊지 못할 거예요. 그 덕분에 지금은 원래 성격으로 돌아와서 잘 지내고 있어요. 정말 감사드립니다. 한 번 더 스승의 날 축하드리고 항

상 행복하시고 만수무강하세요.'

  예상치도 못한 메시지에 코끝이 찡해졌다. 앞으로도
학생들의 마음에 공감하며 늘 그들의 삶을 응원하는 어
른이고 싶다.

불면증

2013년 가을.

최근 들어 심해진 불면증으로 인해 깊은 잠에 들지 못해 오늘도 새벽 4시 반에 일어났다. 이런저런 생각들로 시간을 보내다 보니 어느덧 어두웠던 하늘이 밝아지며 찾아온 아침. 더 누워봤자 소용없기에 일어나 간단한 스트레칭을 하고 커피 한 잔으로 허기를 달랬다. 그리곤 창을 반쯤 열어놓고 책상 앞에 앉았다.

불면증:

밤에 잠을 자지 못하는 증상. 신경증, 우울증, 분열병 따위의 경우에 나타나며 그 외에도 몸의 상태가 나쁘거나 흥분하였을 때 생긴다.

　지금 내 상태를 미루어보았을 때 신경증, 우울증, 분열병에는 해당하지 않는 것 같다. 그렇다면 현재 몸 상태가 나쁘거나 흥분하였는가. 그것도 아니다. 딱히 몸 상태가 안 좋은 것도, 흥분할 일도 없다. 이유를 알 수 없는 불면증이 찾아왔다고 생각하던 찰나, '나도 모를 신경증이나 우울증이 있진 않을까.' 하는 생각에 문득 겁이 난다. 그러나 그것도 잠시, 일상생활에 지장을 줄 정도는 아니니 심하지는 않은 거라며 나름의 자기 합리화를 마치곤 평정심을 되찾는다. 그렇다면 불면증은 도대체 왜 시작된 것일까.

　평소 예민한 성격 탓도 있지만 고민거리가 많고 몸이 피곤하지 않을 때 유독 잠드는 것이 어렵다. 수족냉증 때문일 수도 있겠다는 생각에 발을 따뜻하게 해 보기도, 사기 전에 간단한 운동을 해 보기도 했지만 큰 효과를 보지는 못했다. 그나마 술을 마신 날엔 언제 잠이 들었는지도 모를 만큼 깊은 잠에 취하지만 여기서도 단점은 있다. 그만큼 일찍 깬다는 것. 주변 사람들은 술을 마시면 늦잠을 산다고 하던데 나 같은 경우엔 갈증도 나고 정신도 맑아져서 도저히 오랜 시간 잘 수 없다.

머칠간 불면의 밤은 지속되었고 난 그 원인을 정확히 찾을 수 없었기에 잠들기까지의 과정을 살펴보기로 했다. 세세히 나열하자면 다음과 같다.

취침 전 노트북의 전원을 끄고 침대에 누워 이불을 덮는다. 한동안 눈을 감고 자려고 노력하지만 잠이 오지 않아 핸드폰을 꺼내 뉴스를 보거나 생각나는 것들을 검색한다. 이래저래 한 시간이 지나 '이제는 자야지.'라는 마음으로 핸드폰을 내려놓고 잠을 재촉하는 사이 불현듯 머릿속에 한 가지 생각이 자라나기 시작한다. '내일 생각해도 늦지 않아.'라는 마음을 먹자마자 생각은 금세 자라나 하나둘 커다란 가지로 뻗어간다. 『왓칭』이란 책에서는 잡념이 떠오르면 어린아이를 바라보듯 따뜻한 눈으로 가만히 그 생각을 바라보며 사그라지길 기다리라고 했다. 뭉게뭉게 피어오르는 생각 덩어리들을 상상 속의 스크린이나 백지에 투사시켜 가만히 바라보지만 실패다. 오히려 다른 생각들이 더욱더 크게 자라난다. 그렇다면 어느 책에서 본 스님의 말씀처럼 생각이 피어오르는 것을 그 어떤 의지 없이 가만히 지켜보는 건 어떨까. 잠시 마음이 평안해졌지만 이번에도 실패다. 하는 수 없이 생각들이 번식하고 있는 모습을 망연자실한 채로 한동안 구경하고 있을 때쯤 비로소 잠이 들고 만다. 그러고는 새벽 4시. 슬며시 눈을 떴더니 정신이 또렷해진다. 눈을 감고 또 한 시간 남짓 잠을 설치고서야 겨우 잠이 든다. 그리고 맞이하는 늦은 아침. 이 피곤한 일상의 반복.

'해가 뜨고 난 뒤에야 잠을 자. 내 우뇌의 상처는 언제쯤 아물까?'

좋아하는 뮤지션인 '다이나믹 듀오'의 〈불면증〉이란 노래의 일부분이다. 이 노래가 처음 나왔을 당시에는 단순히 좋다는 생각으로 즐겼는데 어느 순간 노랫말이 내 일상을 대변해 준다고 느낀 이후로는 부쩍 위로로 다가와 더욱 즐겨 듣고 있다. 깊게 잠들고 상쾌하게 일어나는 숙면의 사이클을 언제쯤 마주할 수 있을까. 노랫말처럼 내 침대 위에 단잠의 싹이 움틀 그날을 무기력한 얼굴로 기다려 본다.

지금의 변 2023년 여름.

　현재 나의 수면 사이클은 꽤 괜찮은 편이다. 보통은 저녁 10시쯤 잠이 들어 아침 6시 반쯤 일어난다. 주 2회 중학교 수업을 나가야 하는 터라 알람을 6시 반으로 맞춰놓고 일어나는 것이 반복되어 자연스레 생긴 수면 습관이다. 기약 없는 기회에 대한 기다림으로 노심초사하며 하루하루가 고되었던 그때와 지금은 별반 다르지 않지만 반복되는 일상의 루틴 덕분인지 심한 불면증에 시달리지 않아 다행이란 생각이 든다. 하지만 지금도 생각이 많아지는 날엔 어김없이 불면이 찾아온다. 놓쳐버린 기회로 생각이 가지를 뻗어나갈 때쯤, 난 티끌만 한 존재가 되어 생각과 생각 사이를 힘없이 떠돈다. 스스로를 갉아먹지 말라는 말이 있지만 멈출 수가 없기에 끊임없이 반복한다. 그러다 문득 '스스로에게 너무 한 거 아닌가?'라는 생각이 들어 그동안 이룬 성취들을 하나하나 떠올려보지만 그마저도 부질없음에 그만두고 만다.

근 몇 년간 내가 가장 관심 있게 지속하는 것은 깊은 호흡으로 스스로를 돌보는 것이다. 나를 흔드는 감정들이 내 안에서 강하게 요동칠 때면 '나는 정거장이다. 이 모든 감정들은 열차와 같이 시간이 되면 알아서 떠나갈 것이다.'라는 마음으로 평정심을 찾으려 한다. 물론 잠 못 드는 밤이 되면 촘촘했던 방어선은 일순간 무장 해제되어 어지러운 생각들로 난장판이 되어버리지만.

쓰고 보니 아직도 난 완벽하게 불면증을 퇴치하지 못한 것 같다. 마음이 불편한 걸까. 몸이 편한 걸까. 불면증의 원인도 말끔히 찾지 못한 채 10년의 세월이 흘렀다.

밥이나 먹자

2013년 여름.

　20대 초반. 다들 한창 '여자' 혹은 '연예인'에 관한 이야기로 들떠 있을 때, 믿을지 모르겠지만 나와 내 친구들은 주로 '꿈'에 관한 이야기를 하였다. 각기 다른 분야에 있기에 서로의 현재와 미래에 관한 이야기는 꽤 흥미로웠다. 그중에서도 유독 효성이만큼은 현실을 보는 눈이 냉철했다. 우리가 꿈과 미래에 관한 이야기를 나눌 때면 효성이는 다 필요 없고 돈이 제일이라고 말하던 친구이다. 난 앞으로 돈을 많이 벌고 싶다고, 회사에 들어가 남들처럼 사는 것도 보기엔 쉽지만 어려운 일이라고 무심하게 말하곤 했다.

서로의 일이 바빠 한동안 소원하다 오랜만에 뭉친 우리들. 서로의 안부를 묻고 회포를 푸는 것도 잠시, 누가 먼저라고 할 것도 없이, 어김없이 미래에 대한 열띤 토론이 이어졌다. 꿈이냐, 현실이냐. 대체로 나를 비롯한 두 명의 친구들은 자기가 하고 싶은 일을 해야 한다는 꿈 예찬론자들이었고 효성인 홀로 현실주의자였다. 하지만 토론의 양상은 한쪽으로 기울이기는커녕 더 치열해졌고 목소리는 점점 높아져 마지막에는 어느 쪽의 승리도 아닌 뭘 하든 '열심히 하자.'로 마무리되곤 했다.

　대학을 졸업하고 취업난이 찾아오며 우리는 현실을 직시했지만 그래도 꿈에 대한 열망은 포기할 수 없었다. 효성이만 빼고. 아니다. 효성이도 꿈이 있다. 돈을 많이 버는 사람이 되는 것. 시간이 지나 효성이는 취업하여 어엿한 직장인이 되었지만 나를 비롯한 다른 두 명의 친구들은 예전과 다름없이 꿈을 찾아가고 있었나. 세월이 지나고 직업이 달라져도 우리의 이야기는 전과 다를 바 없었고 각자의 입장은 예나 지금이나 마찬가지였다.
그러던 어느 날. 우리가 자주 찾던 술집에서 오랜만에 모여 도란도란 술잔을 기울이고 있는네 효성이의 입에서 뜻밖의 말이 튀어나왔다.

"아, 이 짓도 못 해 먹겠다. 너희들이 참 부럽다."

가엾은 효성이. 술을 많이 마셨나? 어쩐지 효성이를 위로하고 싶은 마음에 부러움을 담아 말을 건넸다.

"그래도 우리 넷 중에선 네가 돈을 제일 많이 벌잖아."

그 말에도 별 감흥이 없는 듯 효성인 말 없이 술잔을 기울였다. 그로부터 몇 개월 뒤, 효성이가 일을 냈다. 회사를 그만둔 것이다. 다들 걱정과 놀라움에 경악을 금치 못한 채 이유를 물어보았고 효성이의 대답을 들은 우린 또 한 번 충격에 빠졌다. 효성이의 입에서 나온 말은 단 한마디.

"하고 싶은 일을 해보려고."

충격 그 자체였다. 그렇게 현실을 보라며 우리 앞에서 열변을 토했던, 꿈은 부질없다고 당장 취업해야 한다고 말했던 효성이가 하고 싶은 일을 하기 위해 잘 다니던 회사를 그만두다니. 사건이 벌어지고 얼마 안 지나 효성이를 다시 만났다. 그의 이야기를 간략하게 추려보자면 이렇다.

실은 너희들이 꿈 이야기할 때 부러웠어. 마음은 너희와 같았지만 나는 취업해서 돈을 벌어야만 하는 현실을 직시할 수밖에 없었어. 그런데 어느 순간 내가 뭐 하고 있나 싶더라. 현실과의 꿈 사이에서 갈등한 끝에 결국 나도 내가 하고 싶은 일을 하기로 결심했어. 그 일은 바로 패션에 관한 일이야. 남성 맞춤 정장에 관심이 있어 그쪽 일을 알아보려고 해.

이제 나와 같은 백수 아닌 백수가 또 한 명 늘었다. 나야 뭐 다를 것 없이 작품이 있으면 달려가는 프리랜서이지만 효성이는 나와 입장이 조금은 달랐다. 효성이는 새로운 분야에 뛰어든 무모한 복서의 입장이니까. 보통 집에 있는 우리는 가끔 서로에게 전화를 건다. 남들 모두 열심히 일하는 시간대인 오후 세 시에서 다섯 시 사이. 서로에게 건네는 첫마디는 늘 똑같다.

"뭐 하냐?"

"그냥 집이지."

"나와. 밥이나 먹자."

"알겠어."

효성이의 밥 먹자는 전화가 왜 그리 반가운지 모르겠다. 같이 집에 있는 처지라서 그런 걸까. 아니면 꿈을 찾아 아등바등 살아가고 있는 모습이 닮아서인 걸까. 어쨌든 우린 꽤 자주 만나 밥을 먹었고 오늘도 난 세 시에서 다섯 시 사이에 습관처럼 효성이의 전화를 기다린다.

지금의 변 2023년 여름.

    그때의 나는 스스로를 과대평가하고 있었다. 스스로의 위치를 파악하지 못했던 것이다. 효성이를 무모한 복서의 입장이라고 표현했지만 나 역시 그와 같았음을 그때는 왜 알지 못했을까? 현재 효성이는 패션업계에서 일하고 있으며 어린 시절 그의 목표와 같이 열심히 돈을 벌고 있다. 예전처럼 자주 만나 밥을 먹신 못하시만 가끔 만나 이야기를 나눌 때면 예전의 모습으로 돌아가 서로에게 위로의 말을 건넨다.

    히고 싶은 일괴 헤야만 히는 일을 니눠야만 했던 그

때의 우리들. 이제야 조금은 알겠다. 현실을 잘 보낼 수
있어야 꿈도 꿀 수 있다는 사실을. 배우를 하겠다고 이
것저것 많은 일을 해왔지만, 지금껏 배우로서 쌓은 시
간과 실력의 부피가 같은지를 누군가 묻는다면 그저 씁
쓸히 웃을 뿐이다. 간소한 차이가 아닌 극명한 차이로
시간에게 기울어져 있으므로. 내가 보냈던 그 많은 시
간과 경험들은 나도 모르는 사이 내 몸의 어딘가에서
빠져나와 결국 아무것도 남아있지 않은 채 맨바닥을 긁
고 있는 것은 아닌지 싶다. 그래도 다행인 건 곁에 좋
은 친구들과 동료들이 있어 다시 채워갈 수 있다는 옅
은 희망을 품고 있다는 것. 가득 채워진 상태에서는 무
언가를 더 보탤 수 없기에 어쩌면 지금이 스스로를 다
시 채울 수 있는 기회이지 않을까 생각한다. 무언가가
빠져나온 지점을 찾는 것이 우선이라 생각하며, 그 공
간을 정성껏 메워가는 중이다. 앞으로 새로 담길 것들
은 과거와는 달리 가볍고 쉽게 변질되지 않는 그 무언
가가 되길 소망한다.

나만의 주문

2000년 여름.

때는 열일곱 살 무렵. 연기를 배우기 위해 서울에 위치한 스승님댁으로 향하는 길은 꽤나 복잡했다. 기억을 떠올려 보자면 다음과 같다. 레슨 준비를 마치고 집에서 출발해 7번 혹은 7-2번 버스를 탄다. 역전시장 정류장에서 내린 뒤 육교를 건너 수원에서 청량리 방면의 지하철 1호선을 탄다. 여기까진 쉽다. 한동안 지하철을 타고 가며 오늘 검사 맡을 숙제를 다시금 확인한다.

'다음 내리실 역은 신도림. 내리실 문은 왼쪽입니다.'

서둘러 노트를 가방에 넣고 사람들과 함께 플랫폼에서 섞여 나온다. 여기서부터 문제다. 수원에만 오래 살아 지하철을 타본 경험이 많지 않기에 매번 이곳에 오면 어디에서 무얼 갈아타야 하는지 막막하다. 주위를 둘러보다 마침 지나가는 인상 좋으신 아주머니에게 도움을 청한다. 아주머니는 지하로 내려가서 오른쪽으로 돌아 11시 방향의 2호선 갈아타는 곳을 가리킨다. 그곳에 있는 에스컬레이터를 타고 따라 내려가면 합정 방면의 지하철을 탈 수 있다고 한다. 다행히 늦지 않게 지하철에 탑승. 합정에서 내려 우측으로 직진하여 에스컬레이터를 따라 쭈욱 내려가서 우회전. 다시 또 우회전해서 계단을 내려오면 월드컵 경기장 방면의 6호선을 갈아탈 수 있다. 2시간의 대장정 끝에 드디어 도착한 마포구청역. 출구로 나와 연기 레슨을 함께 받는 친구를 만난 뒤 같이 스승님 댁으로 향한다.

연기를 시작했던 열일곱 살 무렵. 레슨을 받기 위해 서울 마포구청역에 위치한 스승님 댁으로 가는 길은 참으로 멀고 어려웠다. 그때는 남들 앞에서 말을 한다는 것도, 연기를 한다는 것도, 수업을 받기 위해 스승님댁까지 가는 길도, 무엇 하나 쉽지 않았다. 그래도 그때는 마음속에 꼭 해내야겠다는 의지가 있었기에 쉽지 않은 이 일들을 하나씩 해낼 수 있었다. 그 바탕에는 두려움을 이겨내기 위해 무의식적으로 했던 주문 비슷한 행동들이 있다.

그중 하나는 스승님댁을 앞둔 오르막 언덕에서부터 한참 좋아했던 노래 MP Hip-Hop Project의 〈초〉를 되뇌며 올라가는 것이다. 그때 주문처럼 외운 가사는 이러하다.

많은 시간 속 작은 내 맘속.
내 맘의 작은 곳 작은 초와 함께 밝혀.
보이는 길과 함께 시작되는 내 인생의 일기 다가올 그 어떤 위기.
두렵지 않은 나이기에 저곳 목표를 향해 이미 불붙은 초 움켜 줘.
시작된 여행 기대 않던 요행보다 가치 마치 물같이 한결같이 흘러가지.

스승님댁으로 가기 위한 마지막 관문인 오르막 언덕. 그곳에 도착하면 왜 그리 떨리고 초조했는지. 나도 모르게 노래를 읊조리며 한발 한발 올라갔던 기억.

또 하나의 주문은 지하철 2호선, 당산에서 합정으로 가는 사이에 이루어진다. 우선은 사람이 없는 출입구에 자리를 잡고 창밖을 바라보며 선다. 지하철이 당산역을 출발해 터널에 진입하면 천천히 숨을 깊게 들이마시고 참는다(참았던 숨은 보통 30초 전후로 내쉬어진다). 곧이어 터널을 빠져나오면 커튼을 활짝 열어젖힌 듯 창문 너머로 한강이 시원하게 펼쳐짐과 동시에 저 멀리 쌍둥이 빌딩이 보이기 시작한다. 그때 조용히 시작되는 주문. 속으로 하나에서 다섯까지 세면 쌍둥이 빌딩 사이의 공간에 63빌딩이 꼭 맞게 들어온다. 바로 그 순간 참았던 숨을 조용히 끝까지 내쉰다. 어디서 본 것도, 누가시킨 것도 아닌데 그냥 이렇게 반복하다 보면 언젠가는 내 꿈이 이루어질 거라 굳게 믿었다. 그 이후로 언제나 그 구간을 지날 때면 이러한 과정을 습관처럼 반복했다. 남들은 모르는 나만의 주문을.

지금의 변 2023년 여름.

열일곱 살 무렵 연기를 배우기 위해 스승님댁으로 향하던 그때의 모습이 어렴풋이 기억난다. 당시엔 지하철을 환승하는 것이 정말 어려웠다. 수많은 인파 속에서 가고자 하는 방향을 찾는 일은 늘 어려웠으며 특히 지하철 2호선으로 환승할 때는 합정 방면과 사당 방면이 헷갈려 잘못 타기 일쑤였다. 노래를 읊조리며 스승님댁을 향했던 그때를 다시 떠올리니 당시엔 일종의 어떤 각오를 다졌던 것 같다. 스승님 앞에서 "안녕하세요?"라는 대사도 벌벌 떨며 뱉었기에 오늘만큼은 잘해보리라 다짐했던 것이다.

두 번째 주문은 지금도 하곤 한다. 이 행위를 지금까지 하는 이유는 알 수 없으나 그때나 지금이나 무탈을 바라는 의식과도 같은 행위라 생각한다. 혹은 쌍둥이 빌딩과 63빌딩을 향한 나만의 인사법인지도 모르겠다.

연기를 시작했던 당시부터 지금까지 많은 시간이 지났다. 그 옛날 내가 되고자 했던 모습은 어떤 형태였을까? 유명한 사람이 된다는 상상보다는 그저 연기를 계속하고 싶었던 것 같다. 최근에도 주문이라고 말하긴 거창하지만 불안과 초조를 다스리기 위해 하는 일련의 과정이 있다. 갑작스레 이유 없는 두근거림과 초조함이 찾아올 때면 크게 숨을 들이쉬고 뱉으며 마음속으로 나의 불안한 생각을 형상화한 뒤 그곳에 서치라이트를 비춘다. 과연 지금 느끼는 불안과 걱정이 실체가 있는 것인지를 판단하기 위해서. 하물며 물건을 살 때도 꼼꼼하게 비교하고 판단하는 과정을 거치는데, 내 마음을 힘들게 하는 불안의 이유들은 왜 쉽게 인정하고 마는 건지. 스스로를 지키기 위해 나름의 검증과 그에 따른 절차가 필요하다고 느꼈다.

열일곱의 그때와 마찬가지로 지금의 나 역시, 두려움

을 극복하고자 나만의 주문을 품 안에 넣고 쉽지 않은
순간마다 꺼내어 스스로를 다독인다.

스무 살의 짝사랑

2003년 겨울.

 스무 살, 크리스마스이브. 초조하고 불안한 마음에 괜스레 핸드폰을 뒤적이다 컴퓨터로 시선을 옮긴다. 영화 〈냉정과 열정 사이〉에서의 주인공인 준세이와 아오이가 피렌체의 두오모에서 재회하는 순간 흐르는 곡 〈1997 Spring〉의 선율. 순간 지난 기억들이 스치며 마지막이라는 각오로 문밖을 나섰다. 더는 미룰 수 없기에.

 재수를 결심하고 입시학원에 다닐 무렵. 남몰래 좋아했던 한 여자가 있었다. 당시 그녀를 싫어하는 사람을 찾아볼 수 없을 정도로 그녀는 많은 남자들에게 인기가 있었다.

그녀를 처음 만난 건 입시학원 등록 첫날, 입학 수속을 마치고 집으로 돌아가려는 찰나였다. 저만치 엘리베이터가 닫히는 게 보여 달려갔는데 엘리베이터 안의 그녀는 문을 열어주긴커녕 뜻 모를 손짓을 해가며 미안한 표정을 지어 보이는 게 아닌가. 그렇게 문은 닫혔고 몇 초가 흘렀을까 멍했던 내 머릿속엔 한 가지 생각이 스쳤다.

'또다시 만나고 싶다.'

수업 당일. 빈자리를 찾다가 저만치 이어폰을 귀에 꽂고 음악을 들으며 책을 보는 한 여자가 눈에 들어왔다. 바로 엘리베이터에서 스친 그녀였다. 알아본 순간 얼어붙었지만 이내 그녀와 친해지기 위해 고민했다. 나름 치열한 고민 끝에 내가 생각해낸 방법은 주머니에 사탕을 넣고 다니다가 그녀와 마주칠 때마다 우연처럼 그 사탕을 건네는 것이었다. 결국 그렇게 우린 친해졌고 많은 이야기들을 주고받으며 점차 가까워지고 있음을 느꼈다.

어느덧 찾아온 한여름. 예상치 못한 시련이 찾아왔다. 같은 반에 나와 마찬가지로 그녀를 좋아했던 친구가 있었는데 얼마 전부터 그녀와 그 친구가 사귀게 되었다는 것. 그 소식을 듣고 난 아무렇지 않은 듯 담담하게 웃어 보였지만 그 후 자연스레 그녀와 멀어지게 되었다. 불행인지, 다행인지 나는 그때의 시련을 원동력 삼아 입시 준비에 박차를 가했고 수능을 끝으로 더 이상 그녀를 볼 수 없었다. 그런데 몇 주 후, 우연히 뜻밖의 소식을 들었다. 바로 그녀가 친구와 헤어졌다는 소식.

다시 돌아와서 크리스마스이브의 저녁. 영화 속 한 장면을 보다 허겁지겁 옷을 챙겨 입고 집 밖을 나섰다. 더 늦기 전에 그녀에게 마음을 표현하고 싶다는 생각만으로. 서둘러 버스를 타고 그녀가 아르바이트하고 있다는 피자가게로 무작정 향했다. 가게를 정리하고 나오던 그녀에게 다가가려는 찰나, 그녀는 내 뒤의 더 먼 곳을 응시하며 어떠한 감정도 읽을 수 없는 표정으로 멈춰 서 있었다. 얼마 전에 헤어졌다는 그 친구 역시 같은 곳에서 그녀를 기다리고 있던 것이다. 삼각형의 형태로 대치해 말없이 서로를 바라보는 순간, 그 둘을 바라보고 있자니 순식간에 방해꾼이 되어버렸다는 생각에 말없이 뒤돌아 걸었다. 그렇게 걷고 또 걸었다. 그 서멍한 채 넋이 나간 사람처럼 터벅터벅 집으로 향할 뿐. 나의 스무 살 크리스마스이브는 그렇게 저물어 갔다.

내 나이 서른. 이게 벌써 10년 전의 일이라니 시간 참 빠르다는 생각이 든다. 그렇게 그녀를 잊고 지냈었는데 끝인 줄만 알았던 그녀와의 인연이 또 한 번 이어졌다. 작년 초 유럽 여행을 하기 위해 집 근처 중식 레스토랑에서 일하고 있을 때, 그녀가 한 남자와 함께 식당에 찾아온 것이다. 예상치 못한 만남에 서로 당황하였지만 이내 웃으며 안부를 물었다. 그녀는 함께 온 남자와 다음 달에 결혼을 앞두고 있다고 했다. 아팠던 스무 살 짝사랑의 기억은 한때의 해프닝으로 그렇게 스쳐 지나갔다.

지금의 변 2023년 여름.

   영화 〈이터널 선샤인〉의 조엘과 같이 그때의 기억을 잊은 채 살았는데 그로부터 20년이 지난 지금, 이 글을 통해 스무 살의 크리스마스이브를 떠올리니 너무나도 부끄럽고 무모하단 생각이 든다. 지금의 내가 그때로 돌아간다면 난 어떤 선택을 할까? 적어도 위와 같은 선택만은 피한 답들을 찾아볼 것이다. 내 의사만을 생각한 이기적인 행동이라 생각하기에.

   당시에 〈사랑을 놓치다〉라는 영화를 참 좋아했다. 영화 속 주인공 우재는 연수에게 "어떻게 시작도 하기 전에 끝이 나냐?"라는 대사를 했었는데 그 장면이 좋아 한참을 돌려보며 감정이입을 했다. 이루어지지 않는 사랑 이야기를 다룬 영화와 소설들을 왜 이렇게 좋아했는지. 그때니까 가능했던 일이라고 생각한다.

지금의 나는 여전히 로맨스란 장르를 좋아하지만 그보다 우리의 삶과 관계를 담은 영화들에 더 마음이 가는 편이다. 글을 정리하다 불현듯 최근 본 영화 〈이니셰린의 밴시〉가 떠올랐다. 관계에 허무함을 느낀 주인공 콜름이 파우릭에게 절교를 선언하는데, 그런 콜름을 줄기차게 찾아가는 파우릭의 모습이 마치 그 옛날의 내 모습과 닮은 듯해서. 모든 관계에는 끝이 있고 멈춰야 하는 지점들이 있다. 스무 살의 나는 멈추는 순간을 알지 못했으며 이미 지나간 인연임을 받아들이지 못했다.

나 정말 헤어졌어. 이번엔 진짜야

2008년 가을.

오랜만에 받은 친구의 연락. 한동안 뜸했기에 반가
움에 전화를 받았지만 친구의 건조하다 못해 쩍쩍 갈라
지는 목소리에 무슨 일이 있음을 직감했다.

"뭐 하나?"

"그냥 있지. 왜 무슨 일 있어?"

"나 헤어졌다. 이따 보자."

"또?"

"이번엔 진짜야."

"그래, 알겠어."

친구는 과거에도 수없이 헤어졌다 다시 만나기를 반복했던 터라 덤덤한 마음으로 나갈 채비를 마쳤다. 또다시 반복할 그의 이야기에 벌써부터 피곤했지만 오랜만에 볼 친구 생각에 서둘러 평소에 자주 만나던 아주대 근처의 술집으로 향했다. 먼저 도착한 친구는 연신 담배를 뻑뻑 피워대며 역시나 건조한 말투로 "왔냐?"라고 할 뿐 별다른 말을 하지 않는다. 친구의 마음을 풀어주고자 간단히 안주와 소주를 시켜 주거니 받거니 하며 동태를 살폈다. 말없이 한 잔, 그리도 또 한 잔.

어느새 친구는 이번 사태의 전말을 세세하게 묘사하기 시작했다. 과거에 만났다 헤어진 일대기를 풀어내며 이번엔 정말 헤어질 거라 말하는 친구의 모습에서 결의마저 느껴졌다. 그리곤 내게 요새 어떻게 지내냐고 물어보는 친구. 난 별다를 일이 없다고 말했다.

정말 별다를 일이 없었기도 했고 친구의 말을 막고 싶지 않았기 때문이기도 했다. 한참을 사는 이야기로 시간을 보내다가 문득 친구는 말했다.

"근데 나도 잘한 거 없지 뭐."

순간 귀를 의심했나. 결의에 찬 목소리로 이별을 다

짐했던 친구는 어느새 다른 사람이 되어 그리움을 잔뜩 머금은 목소리로 쉬지 않고 읊조렸다. 일전에도, 그 이전에도 늘 같은 패턴이었다. 그렇게 술자리는 늦게까지 이어졌고 결국 친구는 여자친구에게 미안하다는 장문의 메시지를 남기며, 극적인 화해를 끝으로 다시 재회했다.

헤어진다는 일. 함께 나눈 시간들을 정리하고 각자의 길로 돌아서기로 한 선택. 그 순간엔 누구나 진심이었을 것이다. 그러나 도저히 이해할 수 없다고 생각되었던 일들도 시간을 갖고 차분히 상대방의 입장에서 돌아보면 당시에는 보이지 않던 것들이 보일 때가 있다. 나 역시도 과거에는 헤어졌다가 다시 만나기를 반복하며 주변 친구들의 빈축을 샀던 적이 있다. 걱정과 안도의 반복 속에서 그들이 감당했을 피로를 생각하니 죄책감이 밀려온다.

함께한 시간들을 순간의 감정으로 인해 놓쳐버리고 싶지 않다. 그 순간엔 오직 헤어짐의 선택만이 유일한 답이라고 생각하겠지만 그 이후 찾아올 상실과 공허는 쉽게 해결할 수 있는 범주의 일이 아니라는 것을 이제는 잘 알고 있기 때문이다.

　이별:

　서로가 만나 눈부신 시간을 함께하며 곁에 있음에
안도했던 순간들을 부정하고 독립된 일상으로 돌아가
는 선택.

　함께했던 시간에서 벗어나 혼자임을 자각하는 순간
느껴지는 빈 공간들은 때론 시간이 해결해 주지 않기에
이별은 더욱 신중해야 하지 않을까 생각한다.

지금의 변 2023년 여름.

    만남과 헤어짐은 여전히 어렵다. 위의 글을 보며 목소리를 높여 다투던 그 시절의 나를 떠올리니 마치 다른 사람인 것 같은 이질감을 느낀다. 그때의 나는 대체 무엇에 그리 분노하였으며 지금의 나는 화를 내는 것을 왜 이렇게 싫어하는 걸까. 이 둘의 인과관계는 분명 존재하겠지만 지금에서만큼은 분명히 화를 내고 싶지 않다. 이제는 평화를 지향하는 것일지도. 혹은 모든 일에 조금은 지쳐버린 것일지도 모른다.

    물론 관계에 있어 불합리한 상황에 놓이거나 도덕적

인 룰을 벗어났다는 생각이 들 땐 화가 나기도 하지만 그럼에도 선택지는 오직 대화뿐이라는 것을 이제는 잘 안다. 다만 나는 말이 아닌 글로써 대화하려 한다. 현재의 나는 감정적인 상태가 찾아오면 자연스레 입은 다물어지고 어떤 말도 할 수 없게 되므로. 마지못해 입에서 나온 말이라고는 내 생각과는 전혀 다른 엉뚱한 말이기에 상황을 잠시라도 벗어나 환기의 시간을 갖고자 한다. 그 후 시간이 지나 마음이 진정되면 그때의 행동을 사과하며 정리된 생각들을 글로 표현하는 편이다. 대화를 선호하는 사람들이 있지만 나에게는 감정적인 상태에서 대화를 원활하게 할 수 있는 능력이 없음을 자각한 이후론 하고 싶은 이야기를 말보단 글로 대체하고 있다.

그때의 친구는 현재 결혼해서 가정을 이루며 잘 지내고 있다. 이제는 주위에 결혼한 친구들이 더 많기에 누군가의 이별을 주제로 이야기를 나눠본 기억이 가물가물하다. 나를 제외한 나의 주변인들이 모두 자리를 잡은 듯하여, 글을 쓰면서도 평범한 삶에서 점차 멀어지는 스스로를 발견하고 있다. 나에게는 또 어떤 만남과 이별이 기다리고 있을까. 그 빈도와 횟수는 점차 줄어들겠지만 다가올 만남과 이별에서도 여전히 신중을 기해야 한다고 생각한다.

취미 생활의 로테이션

2014년 가을.

나는 어렸을 때부터 호기심이 많고 무엇이든 쉽게 질리는 성격이라 여러 군데의 학원을 옮겨 다녔다. 웅변, 태권도, 합기도, 피아노, 미술, 방과 후 종합학원까지 정말 많은 곳을 전전했던 어린 시절의 기억들. 당시 나는 새로운 것들을 접하고 배워보고 싶다는 호기심이 생기면 지체하지 않고 학원을 등록해야만 했고 막상 배우던 것에서 조금이라도 어려움이 찾아오면 그간의 의지는 하기 싫다는 부정적인 생각으로 급변하곤 했다. 이런 나를 보고 아버지는 인내심이 그렇게 없어서 어찌하겠냐며 걱정하셨지만 난 또나시 어머니를 설득해 다른 학원을 등록했다. 아버지에겐 비밀이라는 조건으로. 하지만 지금 생각해 보면 아버지는 다 알면서도 모르는 척해 주셨던 것 같다. 언젠간 스스로 깨닫길 바라는 마음으로 말이다.

현재의 모습을 살펴보면 꾸준하게 '배우 생활'을 지속하고 있다는 것 외엔 예전의 모습과 크게 달라진 점은 없다. 현재의 '배우 생활'은 배우로서 활동하고 있는 상태가 아닌 삶의 많은 부분을 기다림으로 지내고 있는 처지를 말한다. 그러다 막상 무대에 서면 성취감과 아쉬움을 느껴 다음을 바라게 되지만 그다음이 언제일지 기약이 없기에 다시금 휴면상태가 되어버린다. 이 모든 공정을 '배우 생활'이라 함축하여 표현한 것이다.

어쨌든 나에겐 배우 생활을 제외한 모든 것들이 처음엔 반짝거리지만, 얼마 지나지 않아 그 빛을 잃어 시들해지고 만다. 글도, 사랑도, 사람도, 잠깐 배웠던 하모니카도. 처음의 찬란한 빛에 현혹되어 시간 가는 줄 모르다가 어느 순간 낡고 폐허가 된 마을 속에서 홀로 헤매는 기분이 들어 벗어나고만 싶다. 이런 성향으로 인해 주변 사람들은 나를 무언가를 호기롭게 시작하지만 결국 맺음을 하지 못하는 유형의 인간으로 인식하곤 했다. 어느덧 난 인내심이란 조금도 찾아볼 수 없는 가벼운 사람이 되어가고 있었고 그에 관해 긍정도 부정도 하고 싶지 않았다.

최근 단편영화 〈바람의 언덕〉을 준비했을 당시, 작품에만 온전히 매달리고 싶어 그동안 해온 글쓰기라든지 운동, 스트레칭 등 여러 활동들을 일시 정지 시켰다. 작품이 끝나면 다시 시작하리라는 생각으로. 그러나 막상 작품이 끝나자 공허함이 찾아와 아무것도 하지 못했고 그렇게 한동안 무기력한 삶을 이어갔다. 그러던 중 새로운 소식을 듣게 되었다.

'과거 단편영화 현장에서 인연이 닿았던 사람들끼리 기타 동아리를 만들어 활동한다는 것.'

방 한구석에서 조용히 숨만 쉬고 있는 기타에게 내심 미안한 마음이 있었기에 활동하는 모임의 현장을 찾았고 그들의 모습이 좋아 보여 그 즉시 동아리에 가입했다. 이후 친구들과의 활동을 통해 나는 점차 글을 쓸 수 있는 상태가 되었고 덩달아 방치했던 하모니카를 깨

꿋이 닦아 새로운 곡에 도전하는 등 삶의 활력을 되찾게 되었다.

가동이 중지된 모든 것들이 우연한 계기로 다시 시작된 것이다.

무기력하고 인내심이라곤 찾아볼 수 없는 나에게 누군가 재생 버튼을 눌러준 것만 같았다. 모든 일들과 작별한 채 가라앉고 있었을 찰나, 누군가 나타나 나를 수면 위로 끌어주었고, 정신을 차려보니 나를 끌어올렸던 사람들과 과거 내가 놓아버렸던 수많은 취미 생활들이 하나의 띠로 연결되어 있었다.

수많은 장독대에 각각의 시간을 품어온 장들이 담겨 있듯, 내 안의 많은 취미 생활들 역시 시간이 지날수록 숙성되고 있었다. 모든 것들은 몸이 기억하고 있었으며 우연한 계기로 다시 만나는 순간, 그간 잊고 있었던 시간을 더듬기라도 한 듯 나는 금세 열정에 사로잡혔다.

앞으로도 별반 다르지 않을 거다. 내 안의 취미생활들이 언젠가의 인연을 통해 되살아나길, 즐거운 땀을 흘리는 날을 기다려 본다.

지금의 변 2023년 여름.

    초등학생 시절 정말 많은 학원에 다녔지만 그에 비해 지금 나는 그 어떤 기예나 특기를 가지고 있지 않다. 하지만 위의 글처럼 다가올 어떠한 계기로 인해 잊고 지냈던 취미 생활들을 다시 열정적으로 하게 될 것이라는 확신은 있다. 동기부여만 된다면 그 이후는 생각할 필요도 없이 원활하게 진행되겠지만 목표점이 흐려진 상태에서는 그 일을 지속할 수 있을지 여전히 확답할 수 없다.

    당시의 '기타 동아리'는 영화를 하고 있는 친구들이 모여 각자의 작업에 대한 이야기를 나누고 함께 기타를 연주하며 친목을 다지는 활동이었다. 열정적인 시기가 있었으나 아쉽게도 시간이 지나자 각자 삶의 이유로 점차 그 색이 옅어져 갔다.

　현재 하고 있는 취미 생활 중 하나는 '클라이밍'이란 스포츠이다. 무언가를 오래 한다는 것이 어렵다는 걸 스스로가 알기에 '이 역시 금세 그만두겠지.'라고 생각했지만 의외로 근 3년간 꾸준히 하고 있다. 앞으로도 큰 부상이 없는 한 놓지 않고 계속할 계획이다. 그 이유를 덧붙여 보자면 클라이밍은 '명상'과 같다고 생각하기 때문이다. 평상시 고민과 불안들로 생각이 어지러울 때면 집 앞에 있는 클라이밍 센터를 찾는다. 클라이밍은 스타트 동작에서 두 발을 뗀 다음 같은 색의 홀드만을 사용해서 탑 홀드까지 오른 후, 두 손으로 탑 홀드를 잡고 3초간 유지하면 성공하는 비교적 간단한 스포츠이다. 하지만 '탑'을 잡기까지의 과정이 여간 만만치 않다. 맨손으로 홀드를 잡고 몸의 무게를 버티는 과정이 쉽지 않고 움직임도 다이내믹하기에 신중을 기해야 한다. 바로 이 지점이 명상과 같다고 생각하는 포인트다. 많은 생각과 고민들은 홀드가 박혀있는 벽 앞에서 점차 옅어진다. 눈앞의 홀드를 잡고 오로지 '탑'으로 향하는 집중의 시간은 나를 끈질기게 붙잡고 있는 삶의 고민과 불안으로부터 멀찍이 떨어뜨려 성공의 성취감과 실패의 아쉬움만을 남긴다. 이러한 이유로 나는 꽤 오랫동안 이 클라이밍이란 취미를 놓지 못할 것 같다.

　클라이밍과 같이 한동안 푹 빠져있었던 취미생활들을 떠올려보았다. 처음 시작은 강렬했지만 점차 옅어졌던 시간들. 클라이밍도 예외일 순 없겠다고 생각했다. 나를 둘러싼 모든 것들의 관계도 이에 해당하겠지. 멀어진 모든 것들에는 아쉬움과 쓸쓸함이 담겨있지만 새로운 계기로 다시 만나게 된다면 그간 빛을 잃었던 공간들을 새로운 색으로 물들여, 전보다 더 짙고 선명하게 만들어 가고 싶다.

나로부터 방치된 모든 것들에 관한 사과문

2013년 가을.

이 글은 한때의 쓰임으로 그 소명을 다하고 나로부터 점차 멀어진 것들에 대한 사과문이다. 그들은 한 시절 '만족감'이라는 고마운 감정을 건네주었고 노쇠함과 불필요함에 점차 잊혀가는 순간까지도 불평 한마디 없이, 묵묵히 자리를 지켜주었다. 모두를 일일이 거론할 수 없음에 마음이 아프지만 지금의 나를 있게 한 그들에게 큰 감사의 마음을 전하고 싶어 이 글을 쓴다.

본론으로 들어가서,

제일 먼저 나는 자전거에게 미안하다고 말해주고 싶다.

자전거야. 작년 봄, 처음 네가 집으로 도착했을 땐 커다란 박스에 쌓여 분해되어 있었지. 설레는 마음으로 설명서를 보며 차분히 너의 몸통을 조립하여 완성하였고 거울과 라이트를 달아 실용성을 높였던 게 기억나. 중식 레스토랑에서 오전 10시부터 밤 10시까지 일할 때, 출퇴근 시간을 15분 이상 줄여준 점 너무나 감사하게 생각해. 네가 아니었다면 출근 전의 여유도, 퇴근했을 때의 상쾌한 바람을 맞으며 내리막길을 달리는 행복감도 없었을 거야. 현재 왼쪽 브레이크의 파손과 바퀴의 바람 빠짐으로 인해 현관 복도에 방치되고 있는 점 진심으로 사과하고 싶어. 이른 시일 내로 너의 부상을 치료하여 전처럼 함께 달릴 수 있는 기회를 만들도록 노력할게.

다음으론 안경집에 넣어져 3층 서랍장의 맨 아래 칸 깊숙한 곳에서 잠들고 있는 선글라스에게 사과의 말을 전하고 싶다.

널 찾지 않은 시간은 대략 1,460일. 내가 참으로 무심했던 것 같아. 너를 처음 만난 건 2009년 라섹 수술을 마치고 집으로 돌아오는 길이었어. 자외선으로부터 눈을 보호하기 위한 핑계로 어머니를 설득해 당시 유행했던 너를 내 손에 넣었을 때의 행복감이란 이루 말할 수가 없었지. 그 이후 어딜 가든 넌 내 눈에서 떠나지 않았으며 직사광선으로부터 날 지켜주었어. 더불어 패션 아이템으로 자주 사용했던 기억까지, 너와 함께했던 날들이 모두 눈에 선해. 〈3일 그리고〉라는 독립영화의 동반 출연을 끝으로 너는 3층 서랍의, 그것도 맨 아래층의 감옥 안에서 태양과는 거리가 먼 어둠 속에 잠들어 갔어. 너를 대체하는 다른 녀석이 등장해서 네가 얼마나 시기 질투하며 아파했을지를 생각하니 어떤 말로도 위로가 안 될 것 같아. 네 마음을 헤아리지 못한 점 정말 미안하게 생각해. 그러나 애석하게도 다시 잠든 너를 언제쯤 보듬어 줄지 기약할 수 없어. 현재 너를 대체하고 있는 녀석의 디자인이 꽤 마음에 들기 때문이야. 하지만 언제고 너를 사용할 날이 온다면 그간의 시름을 날려버릴 만큼 멋진 순간에 너와 함께하고 싶어. 가장 아플 때 나의 눈을 지켜주어 감사하고 이렇게 방치해서 정말 미안해.

　마지막으로 내가 한때 무척이나 아꼈던 크로스백에게 미안한 마음을 표한다.

너를 처음 만났던 건 2009년 가을 무렵이었을 거야. 뒤로 매는 백팩에 질려갈 때쯤 우연히 백화점의 한 코너에서 너를 만났지. 생각보다 비싼 가격에 망설였지만 아무리 생각해도 놓치면 후회하겠다 싶어 너를 구입했어. 그렇게 한참을 너와 함께 많은 곳을 거닐었고 그만큼 나의 오른쪽 어깨는 한쪽으로 기울어만 갔었지. 너에게 너무 무거운 짐들을 의지했던 건 아닌지, 이제라도 미안한 마음을 전하고 싶어. 너와 함께하는 모든 시간이 좋았지만 배우에게 어깨 비대칭은 보기 안 좋기에 점차 너를 멀리했던 것 같아. 그래도 넌 자전거와 선글라스보다 나은 편이라고 생각해. 너와 함께했던 시간들을 잊지 못해 가끔 장을 보러 갈 때 너를 사용하곤 하니 말이야. 언제고 내 곁에 있어 줘서 늘 고마워. 앞으로도 큰 짐은 지우지 않겠다고 약속할게.

[추신]

끝으로 이 밖에도 거론하지 못한 나로부터 멀어진 많은 물건들에게.

버려졌다는 생각에 많이들 서운하시? 그동안 무심하

게 방치했던 점 진심으로 미안해. 하지만 너희들로 인해 현재의 내가 있다는 사실을 알아주었으면 좋겠어. 앞으로 너희들에게 더 큰 관심을 가지며 돌보도록 노력할 테니 너무 노여워 말았으면 좋겠고, 모두가 빛났던 한때를 떠올리며 멋지게 재회할 날이 오길 기대해 볼게. 언제나 곁에 있어 줘서 진심으로 고마워. 연극 〈아트〉의 대사 한 구절이 떠올라서 이 글로 사과문은 마무리하도록 할게.

그게 아니야, 내 말은 그게 아니라고!
친구는 그냥 내버려 두면 안 돼. 항상 돌봐 줘야 돼.
안 그러면 멀어진다고.

지금의 변 2023년 여름.

　2022년 1월. 23년간 살았던 본가 아파트의 이사를 기점으로 내 방의 물건들은 필요한 것들을 제외하고 거의 정리되었다. 비워내며 놀라웠던 사실은 조그마한 방안에서 그보다 더한 물건들이 나왔다는 것이다. 구매했던 사실조차 인지하지 못한 물건들이 이렇게나 많이 있었다니. 평소 미니멀 리스트를 지향한다고 생각해왔건만 눈 앞에 펼쳐진 수많은 물건들은 이를 반증하고 있었다.

　나는 미니멀 리스트를 지향하는 맥시멀 리스트일까?

아니면 정말 방이 작았던 걸까?

여전히 미니멀 리스트를 지향하는 나는 후자라고 생각하고 싶다. 새로운 공간으로 이사를 오며 많은 것들을 덜어내니 막상 집에 들여온 물건들은 생각보다 적었다. 그리고 다짐했다. 더 이상 필요하지 않은 물건들은 집에 들이지도, 구매하지도 않겠다고. 정확히 그 다짐으로부터 1년 반이 지난 현재. 다행히 집에는 이사 당시에 구매했던 큰 가구들을 제외하고 부피를 차지할 만한 그 어떤 것도 늘어나진 않았다.

하지만 부작용은 늘 반대편에서 터지기 마련일까. 아침, 저녁으로 나는 침대 위에서 핸드폰과 신경전을 벌인다. 필요하지만, 필요 없는 작은 것들을 검색하며 구매를 망설이는 것이다. 나름 그 과정 안에서도 정말 필요한 것인지 합리적인 의심을 서슴지 않는다. 그럼에도 판단이 서지 않을 땐 일단은 장바구니에 넣어두지만 고민 끝에 언젠가는 사용할 거란 믿음으로 결제 버튼을 누른다. 그리곤 며칠 뒤, 도착한 택배를 보며 저렴한 가격에는 다 그 이유가 있다는 걸 깨닫는다.

앞으로 남겨진 내 주변의 모든 것들의 유통기한은

얼마나 남았을까? 새로 이사한 공간의 2층 서랍 안에서 여전히 잠들어 있는 선글라스에게 미안한 마음을 가지며 곧 도착할 택배의 위치를 검색해본다.

숨만 쉬는 기타

2007년 여름.

대학교 3학년 시절. 우연히 〈태양의 노래〉라는 영화를 보았다. 색소성 건피증이라는 병으로 태양 빛을 보지 못하는 소녀와 서핑을 즐기는 소년의 로맨스.

빛을 볼 수 없어 어두운 밤 사람들이 지나지 않는 공원에서 기타를 치며 노래를 해왔던 소녀는 소년에게 자신의 곡을 들려주기 위해 늘 노래하던 장소에 도착해 기다린다. 그러나 그곳은 이미 다른 뮤지션이 자리를 차지하였고, 당황한 소녀를 위해 소년은 소녀를 데리고 광장으로 나가 그녀가 그곳에서 노래할 수 있도록 도와준다. 어느덧 많은 인파 속에 둘러싸인 소녀는 바닥에 앉아 초에 성냥으로 불을 붙이고 소년을 향해 옅은 미소를 지은 뒤, 조용히 노래를 시작한다. 그때 소녀가 부른 곡은 〈Good-bye Days〉. 그 후 나는 이 노래에 빠져 기타를 배우기 시작했다.

마침 친한 동기 형이 부천에 음악교습소를 운영하며 기타를 가르치고 있어 그곳에 출퇴근하며 기본 음계와 코드를 익혔다. 스트로크와 아르페지오 주법을 배우며 기타에 푹 빠진 나는 어느덧 윤도현의 〈사랑 Two〉를 기타로 치며 노래를 부를 수 있게 되었고, 그땐 정말 세상 부러울 것 없이 행복했다.

그렇게 기타에 푹 빠져있을 때쯤 난 운명적으로 또 한 편의 영화와 만났다. 바로 〈Once〉. 영화 속 악기를 판매하는 가게 안에서 남자 주인공의 기타 연주에 여자 주인공의 피아노가 더해져 화음을 맞춰가는 〈Falling Slowly〉는 그야말로 내가 기타를 쳐야만 하는 이유에 빙짐을 찍게 해주었다. 그 당시 기타를 친다는 사람들은 모두 이 노래에 도전하였고 못 치는 사람들도 배워서 사랑하는 사람에게 고백할 정도로, 이 노래는 선풍적인 인기를 끌었다.

그렇게 한동안 〈Falling Slowly〉에 빠져 기타를 들고 다니며 한강 둔치와 지하철 역사 안에서 마치 영화의 주인공이 된 것처럼 노래를 부르고 다녔고 급기야는 매번 같은 노래만 부르기가 지겨워 자작곡을 만들 결심을 했다. 그 후 나는 언제 어디서나 멜로디가 떠오르면 핸드폰에 녹음을 해두었다가 여러 가지 코드를 입혀보았고 멜로디 라인과 가사 작업을 하여 총 4곡의 자작곡을 완성했다. 영화 〈태양의 노래〉에서처럼 광장의 많은 사람들 앞에서 정식으로 노래해 보는 것이 로망이었는데 이제 비로소 준비를 마친 것이다.

드디어 결전의 날(학교 근처 '상암 월드컵 경기장 공원'을 내 로망을 실현하기 가장 적합한 곳으로 점찍어 두었다). 수업이 끝날 때를 기다렸다가 어둑해질 때쯤 기타를 메고 장소로 향했다. 여름철이라 공원에는 사람들이 많았기에 누군가는 보러 올 것이라는 희망을 품고 적당한 자리를 골라 시작된 공연. 〈Falling slowly〉를 시작으로 사람들이 차츰 모여들었다. 생각보다 떨려 몇 번이나 틀렸지만 모여 주신 분들은 끝까지 자리를 지켜주셨다. 자작곡을 한창 부르고 있을 때였다. 저 멀리서 허름한 행색의 할아버지 한 분이 끌차를 끌며 내 쪽으로 걸어왔다.

　'왜 내 쪽으로 오지? 노숙자인가?'

　마음속으로 이런저런 생각을 하며 노래를 부르고 있을 무렵 할아버지는 내 앞에서 발걸음을 멈추시더니 옥수수수염 차를 건네셨다.

　"마시면서 해."

　노래를 부르는 중이라 감사하다고 말할 수 없어 고개를 숙여 인사드렸지만 이미 할아버지는 저만치 멀어졌다. 겉모습만으로 판단해 지레 겁을 먹은 스스로가 부끄러워져 멀어지는 할아버지의 모습을 차마 바라볼 수 없었다.

　여름밤의 가로등 불빛.
　사람들의 평온한 표정.
　멀어지는 할아버지의 실루엣.

　내 눈에 비친 풍경은 분명 따뜻한 모습을 띠고 있었

지만 내 안은 스스로를 향한 경멸과 곡을 마쳐야 한다
는 부담감으로 엉망이 되어있었다. 더 이상 부를 곡이
없어 다시 부른 곡 〈Falling slowly〉를 끝으로 총 5곡
의 짤막한 공연은 끝이 났고 그렇게 나의 기타 인생도
막을 내렸다.

　학교에서 해야 할 과제들과 연극 제작 실습으로 인
해 연습의 횟수가 잦아들면서 자연스레 손을 놓게 된
기타. 그동안 기타를 치며 배겼던 손가락의 굳은살은
서서히 떨어져 나갔고 그렇게 기타는 기약 없는 휴면
상태에 돌입했다.
　한때 무한한 애정을 주었던 나의 기타. 어느 순간 돌
아보니 내 방안 가장 구석에 방치되어 수북하게 먼지를
뒤집어쓰고는 조용히 숨만 쉬고 있는 듯하다. 한때의
영광을 뒤로한 채 등을 벽에 기대곤 멍하니 서 있는 기
타. '누가 날 찾아줄까.'라는 희망 또한 버린 듯 그렇게
조용히 숨만 쉬고 있다.

　그러던 올해 초 새로운 결심이 생겼다. 아무래도 집
에 있는 시간이 많다 보니 기타를 다시 연주하고 싶어
진 것이다. 시커멓게 녹슨 기타 줄을 새롭게 교체했고

곁에 있으면 자주 만지겠다는 생각에 주로 앉아있는 의자 옆에 기타 자리를 만들어 두었다. 그런데 또 한 번 나의 기타 인생에 위기가 찾아왔다. 교제를 사와 열심히 기타 연습을 하고 있던 찰나, 유일하게 남은 피크 하나가 도망치고 만 것이다. 아무리 찾아봐도 피크는 보이지 않았고 그 계기로 나는 또다시 기타와 멀어지게 되었다. 애초부터 기대하지 않았었다는 시선으로 코로 더운 숨을 내뿜는 나의 기타. 그의 빛나는 황금 옷이 유난히 반짝거리며 나의 시선을 자극하지만, 도망친 피크를 찾을 길이 없어 그에게 다가갈 엄두를 못 내고 있다. 기타가 듣기엔 비겁한 변명처럼 들리겠지만 말이다.

지금의 변 2023년 여름.

    한강 둔치와 지하철 역사 안에서 기타 연주라니. 지금으로선 상상할 수 없는 10년 전 내 모습에 소름이 돋는다. 그 당시 한참 **빠져있었던** 영화 〈태양의 노래〉와 〈Once〉는 지금도 가끔 찾아보곤 하는데 좋아했던 장면들이 볼 때마다 바뀌어 영화는 보는 사람의 정서도 중요하다는 걸 깨닫는다. 그때의 나는 그런 로맨스의 주인공이 되고 싶었나 보다. 아니 이미 주인공으로 살았던 것 같다. '그런 고도의 집중력 있는 메소드 연기를 실전에서도 했다면 내 삶은 달라져 있을까?' 생각해 보다가 의미 없음에 그만두고 만다.

공원에서 버스킹을 하며 그때 모인 사람들과 노래를 부르고 이야기를 나누었던 용기는 어디서 났을까? 로망에 도전하고픈 나의 집착이었을까? 공연 중간 관객들과 함께했던 알코올의 힘 덕분이었을지도. 자작곡을 썼던 건 혼자만의 행위니 그럴 수도 있겠다는 생각이 들지만, 기타를 메고 생각해둔 장소로 향하는 내 모습은 어쩐지 그려지지 않는다. 게다가 처음 보는 낯선 사람들 앞에서 노래를 하다니. 그것도 자작곡을. 10년 전의 나의 모습은 글을 정리하는 이 순간에도 종잡을 수 없다.

그 당시 노래를 부르고 있는 나에게 다가와 옥수수염 차를 건넨 할아버지의 얼굴은 희미해 기억나지 않지만 그 당시 느꼈던 당혹스러움과 스스로에 대한 경멸은 생생하게 기억한다. 아니라고 생각했지만 나는 사람을 겉모습만으로 평가하는 사람이었던 것이다. 어쩌면 지금도 은연중에 이와 같은 선입견을 반복하고 있을지도 모른다. 그러니 늘 순산을 알아차리고 경계하는 수밖에는. 문득 궁금해진다.

이 글을 읽는 사람들은 과연 나를 어떻게 생각하고 있을까?

Simple is the best?

2013년 여름.

나는 언제부턴가 단순하게 생각하고 선택할 때 편안함을 느낀다. 평소 생각이 많았던 나인데 갑자기 왜 단순함에서 편안함을 느끼는 것일까?

이런 상황을 예로 들 수 있다. 만나기로 한 약속 장소에서 친구를 기다리고 있는데 친구에게 전화가 걸려온다. 어렵게 말을 꺼낸 친구는 피치 못할 사정으로 다음에 봐야 할 것 같다며 미안해한다. 들어보니 어찌할 도리가 없기에 전화를 끊고 곧이어 다른 곳으로 전화를 건다. 몇몇 친구와 연락이 되었지만 안타깝게도 만날 수 있는 이가 아무도 없다. 결국 어쩔 수 없이 두 시간 동안 버스와 지하철을 타고 집으로 돌아온다. 딱히 어떠한 원망이나 불평 없이 그저 단순하게 말이다.

'일상의 일들을 컨베이어 벨트 위에 올려진 박스들의 나열이라고 했을 때 그중 하나의 박스가 불량이면 다른 박스로 대체하면 된다. 아니면 비어 있는 공간을 그대로 유지하든가.' 이렇게 그저 단순하게 생각하는 것이다. 화를 낸다고 해서 이미 지난 일이 달라질 순 없으므로.

옷을 고를 때도 마찬가지이다. 나는 평소에 별다른 기준 없이 옷을 선택한다고 생각했지만 어느 날 옷장을 열고 찬찬히 바라보니 나름의 규칙들이 눈에 들어왔다. 내 옷장에 옷들은 한결같이 심플했다. 어떠한 글씨가 쓰여 있거나 그림이나 사진이 프린트되어 있는 옷들은 거의 찾아볼 수 없었다. 무언가 화려하고 이런저런 무늬가 들어간 옷들만 보면 무조건반사와 같이 돌아서는 건 내 안의 본능일까. 확실하게 말할 수는 없지만 그런 복잡한 디자인의 옷들을 평상복으로 입는 것은 상상만 해도 몹시 불편하게 느껴진다.

최근의 일이다. 며칠 전 어머니가 노트북이 필요하시다고 해서 단 한 번의 검색으로 적당한 물건을 선택하여 구매 버튼을 눌렀다. 그로부터 며칠 뒤 주문한 노트북이 도착했다. 튼튼해 보이는 택배 박스를 풀어서 꺼내 보았는데 생각보다 무거웠다. '크니까 그럴 수 있겠다.'라고 단순하게 생각하며 전원을 연결해서 부팅시키는 순간, 무언가 이상함을 감지했다. 일반 노트북에 비해 현저히 떨어지는 속도. 하지만 그와 동시에 택배를 반송하고 환불받기까지의 절차가 까다롭다는 생각이 머릿속을 스친다. 결국, 싼 맛에 이 정도면 괜찮다며 스스로를 다독였다. 하지만 정작 사용자는 어머니인데. 그 후로 며칠간 잠이 들 때마다 어머니께서 노트북을 불편하게 사용하시는 모습이 아른거렸다.

이렇게 나열해 보니 단순하게 생각하는 것이 최선은 아닌 것 같다. 다시 보니 단순해서 편했던 것이 아니라 그저 귀찮은 것이 싫었던 게 아닐까 싶다. 평소 나름 성실하다고 생각했는데 써놓고 보니 속내를 들켜버린 기분이다. 사람들과의 관계에서 스스로를 지키기 위해 했던 단순한 선택이나 옷의 취향은 괜찮다고 생각하더라도 어머니의 노트북 사건은 다시 생각해 봐도 너무했지 싶다. 그동안 단순한 선택으로 인해 가볍게 여겨진 많은 것들이 알고 보면 나의 귀찮음으로 인해 정당한 대우를 받지 못한 것이라고 생각하니 후회가 밀려든다. 사람들과의 관계에서도, 무언가를 선택할 때도 단순하고 심플한 것만이 능사가 아니라는 생각이 든다. 시간이 걸리더라도, 때론 불편하고 복잡한 일을 자처해야 할 때가 있다는 걸 잊지 않기로 한다.

지금의 변 2023년 여름.

10년 전 나는 단순한 것과 귀찮은 것을 구분하지 못했다. 당시엔 '나는 원래 단순함을 추구하는 사람이야.'라는 프레임을 만들고 그 안에서 스스로를 정당화하며 살았던 것 같다. 어머니의 노트북 사건은 지금 생각해도 어쩜 저럴 수가 있는지 후회스럽다. 정작 어머니는 별말씀을 하지 않으셨지만 '잔소리하시는 어머니'라는 고정관념에 사로잡혀 어머니와 관련된 일들을 빨리 해치우고픈 이기적인 마음에 비롯된 잘못된 행동이었다.

현재 어머니는 국내 브랜드의 가볍고 좋은 성능의 노

트북을 사용하고 계시며 여전히 나에게 가끔씩 무언가를 부탁하신다. 다행히 지금의 나는 꼼꼼히 체크해 보고 해당 제품의 구매 리스트를 공유해 드리는 편이다.

그럼에도 여전히 나는 심플한 것이 좋다. 전체적으로 차분하고 단순한 가구 배치를 지향하며, 영화제에서 배우나 감독으로서 관객과의 대화를 진행할 경우에도 최대한 짧고 간략하게 말하려 하는 편이다. 오랜 시간 영화를 보고 나서 곧바로 시작되는 질의응답이기에 이를 지켜보는 관객들의 피로를 덜어드리기 위함이다. 뿐만 아니라 대외적인 발표를 하는 경우에도 이와 같은 맥락으로 짧고 간결하게 말하려 한다(발표 이후 추가 질문 사항이 있다면 그에 관해선 성심성의껏 말씀드리는 편이다).

그러나 아이러니하게도 나는 이 모든 것을 그저 '단순하다'라고 표현하고 싶지는 않다. 간결하게 말할 때도 실은, 그보다 많은 생각들을 공을 들여 정리하므로. 또한 집안의 인테리어도 형태만 단순할 뿐 그 배치와 어울림에 대한 여러 차례의 시도와 시간을 들인다. 특히 사람과의 관계에선 더더욱 그렇다. 서로의 입장과

각자가 옳다고 하는 기준에서의 조율은 단순하게 생각
했다간 자칫 오해로 발전할 가능성이 있기에, 여러 방
면에서 신중하게 생각해 보려 하는 편이다.

정리하자면 지금의 나는 '복잡한 과정을 거친 단순한
형태의 결과물을 좋아한다.'라고 할 수 있겠다.

고정관념과의 전쟁

2013년 여름.

　　매일 아침 우리 집은 한바탕 소란스럽다. 어머니께서 요리하시는 소리에 잠이 깨는 난, 일어나자마자 이불을 정리하고 요가 매트를 펼친 뒤 간단한 스트레칭 및 운동을 한다. 바로 이 순간부터 나와 어머니와의 전쟁은 시작된다.

　"밥 먹어."
　"좀 있다 먹을게요."
　"국 식어. 얼른 나와서 먹어."
　"조금만 이따가 먹을게요."

"식기 전에 먹으라니까. 참, 말도 지지리도 안 들어."

대충은 이런 식이다. 자동 반복 구간처럼 우리 모자의 대화는 단 1%의 오차 없이 매일 아침 반복된다. 어느 한쪽이 바뀌면 별일 없을 것을, 나와 어머니는 조금의 양보 없이 매일 그렇게 서로의 주장을 굽히지 않는다. 국이 식기 전에 밥을 먹는 게 더 좋을 것 같다는 엄마의 생각과 공복에 간단한 운동과 배우 훈련을 끝내놓고 아침을 먹고 싶은 내 생각이 매일 아침 충돌하는 것이다.

어쨌든 고집스레 할 일을 하고 부엌으로 나오면 어머니는 언제 무슨 일이 있었냐는 듯 어서 밥 먹으라며 무심하게 말씀하시곤 집안일을 하신다. 그러나 얼마 안 있어 어머니의 공격은 재개된다. 반찬을 집을 때마다 어머닌 이것도 먹어라, 저것도 먹어라, 국 맛있게 되었으니까 국 떠먹어라 등등. 내 젓가락이 스치는 반찬과는 어찌 그리 잘도 피해 가는 말씀을 하시는지. 듣고 있자니 먹고 있는 날 보지 않고 계신다는 게 더 신기할 정도다. 참고로 이 이야기를 하시는 어머니의 위치는 매번 다르다. 설거지를 하시다가도, 화장실에 들어가 빨래를 하시다가도, 베란다에 나가 이불을 터시다가도 언제 어디서 건 어머니의 반찬 지령은 내 상으로 떨어졌다.

그러면서 동생에게도 밥을 먹으라고 연이어 말씀하신다(참고로 동생은 공무원 시험 준비 중이다. 정신없는 아침의 풍경과 상관없이 조용한 흐름을 유지하는 건 동생의 방이 유일하다). 난 그런 엄마에게 말한다. "배고프면 먹겠지." 그러면 어머니는 어김없이 넌 그래서 문제라며 어떻게 애가 정이 없냐며, 그러면 안 된다고 한바탕 이야기를 늘어놓으신다.

여기서 잠깐. 대부분의 사람은 무언가에 집중하고 있을 때 방해받지 않기를 원하지 않는가. 나 또한 동생의 공부를 방해하고 싶지 않은 마음에 한 말이므로, 어머니의 말과 달리 나는 결코 정이 없는 사람이 아니다. 오히려 가끔씩 간단한 요리를 해서 동생 방에 넣어주기까지 한다. 그러나 이러한 속 사정을 모르시는 어머니는 '애는 늘 이런 식이야. 자기밖에 몰라. 챙겨주면 감사하고 복에 겨운 줄 알아야지.'라는 고정관념으로 나를 바라보신다. 그에 못지않게 나는 '내 의사와는 상관없이 강요하는 어머니.'라는 고정관념으로, 우린 그렇게 여전히 대치 중이다.

'어머니와 나의 전쟁은 언제쯤 휴전을 맺을까?'

실은 어머니의 말엔 늘 사랑이 담겨 있다는 것을 잘 알고 있다. 알면서도 좋게 말하면 될 걸 무심결에 나온 말과 행동으로 상처를 드려 죄송한 마음이다. 왜 이렇게 힘든 걸까. 다정한 말 한마디 건네기가 왜 매번 그렇게 어려운 건지. 잘해야지 마음먹어도 막상 얼굴을 보면 평소의 습관이 그대로 나오는 관성을 고치기란 정말 어렵다.

작년 8월 유럽 여행을 하고 있을 때였다. 파트타임으로 여행경비를 마련했지만 없는 살림에 지금 꼭 여행을 가야만 하느냐고 말씀하시는 어머니를 뒤로하고 여행길에 올랐다. 여러 여행지를 돌며 이런저런 생각을 하던 도중, 마지막 종착지인 프라하에 도착했다. 하루의 일정을 마무리하고 숙소 3층의 테라스에서 지고 있는 석양을 바라보고 있는데 문득 어머니가 떠올랐다. 그때의 시간이 오후 5시 정도였을까? 8시간의 시차를 고려하면 한국은 아마 새벽 한 시쯤이었을 거다. 나는 이미 주무시고 계실 어머니께 메시지를 드렸다.

"어머니 잘 지내세요? 식사는 안 거르고 계시나요? 저는 별 탈 없이 잘 지내고 있어요. 지금 이곳은 프라하예요. 막상 이곳에 오니 어머니께 잘못했던 일들이 떠올라 죄송한 마음이 들어요. 이곳이 마지막 여행지니까 곧 한국에 도착하면 성실한 모습 보여드릴게요. 어머니 사랑해요."

얼마 후에 긴 답장이 왔다.

"그래 아들아. 엄마는 이곳에서 잘 지내고 있단다. 여행 가는데 엄마가 안 좋은 소리 하며 보낸 것 같아 마음이 아프구나. 모쪼록 남은 여행 잘하고 많이 생각하고 많이 경험해서 돌아오너라. 그리고 돌아와선 좀 더 책임감 있는 네가 되길 바란다. 그리고 평소에 네가 밥 먹을 때 엄마가 옆에서 반찬 거들어 줄 때 강요한 것 같아 미안하구나. 엄마 어렸을 때는 없이 자라서 먹는 것 하나하나가 참 귀하고 소중해서, 지금도 나도 모르게 그러는 것 같구나. 돌아와선 잘 지내자. 여행 조심하고 건강하게 돌아오너라."

지구 반대편에서 이루어진 어머니와의 극적인 화해. 답장을 받고 처음으로 어머니의 행동이 이해되었다. 부모님에 대한 소중함을 절실히 느끼고 왔기에 한국에 돌아온 후 한동안 어머니와 잘 지냈지만 그것도 잠시뿐, 얼마 지나지 않아 우린 전과 같은 모습으로 돌아갔다. 역시 사람은 적응의 동물임이 틀림없다. 하지만 분명 달라진 점이 있다. 어머니와 나는 차츰 서로를 이해하고 있다는 것. 우리 모자는 오늘도, 내일도 앞으로도 전쟁을 치를 것이다. 서로를 위한 전쟁을.

지금의 변 2023년 여름.

2021년 본가의 이사 이후로 어머니와 나는 각자의
삶의 공간에서 지내고 있다. 그러기에 예전만큼 다이내
믹한 전쟁은 현저하게 줄었으며 오히려 따로 살고 있으
니 통화량이 전보다 늘었다. 어머니께 다정하게 대하자
고 마음먹지만 막상 전화를 받으면 여전히 퉁명스리운
말투가 튀어나온다. 물론 말을 내뱉음과 동시에 같은
속도로 후회가 밀려오지만. 어머니와 나는 오히려 같이
살았던 때보다 지금 더 많은 이야기를 나눈다. 물론 대
화의 지분은 어머니가 많은 편이지만 불만은 없다 나
도 딱히 내 말을 하는 것보다 오랜만에 마주한 어머니

의 이야기를 듣는 것이 더 좋기 때문에.

　따로 살고 나서 어머니는 무언가의 구매가 필요하거나 모르는 일이 있으시면 나를 찾는다. 그럴 때를 위해서 네이버 검색이나 쿠팡 등의 애플리케이션을 사용하는 방법을 알려드렸으나 모르겠다며 종종 내게 연락해 오신다. 안부가 궁금하여 연락해 보고 싶기에 일부로 못하는 척을 하시는 건 아닌지 가끔 의문이 들기도 하지만 인터넷을 검색하여 몇 가지의 구매 링크를 찾아 전달해 드리는 편이다. 지금도 이 사실이 궁금하나 아마 이 글을 보시고도 어머닌 사용법을 모른다고 하실 것이기에 앞으로도 지금과 같이 잘 알려드리고자 한다.

　참고로 공무원 시험을 준비한다는 동생은 현재 공무원이자 두 아이의 아빠가 되었다.

제로 미터를 향하여

2013년 여름.

어느 날 TV에서 '낯선 사람과 마주 보았을 때 편안함을 느끼는 거리가 어디까지인지' 실험하는 것을 보았다. 잘은 기억나지 않지만, 사람이 서로 마주 보았을 때 편안함을 느끼는 거리는 1미터에서 2미터 사이라고 했다. 낯선 사람과는 그 정도의 거리를 두어야지만 마음이 편하다는 것이나. 심리적으로 편안함을 느끼는 사이라면 그보다 더 가까워도 문제가 되지 않겠지만 말이다. 그렇다면 가족의 경우는 어떨까?

우리 가족이 생활하는 모습을 보자면 조금은 독특한

224

면이 있다. 일단 공간을 나누어 살펴보면 아버지는 주로 거실에서, 나와 동생은 각자의 방에서 생활한다. 서로 겹치는 공간은 부엌과 화장실뿐. 우린 서로의 공간에서 각자의 할 일을 하며 일상생활을 해나간다. 자세히 설명하자면 대략 이런 식이다. 경찰 공무원이신 아버지는 주간, 야간 근무의 연속으로 인해 집에 계시는 날이 적은데, 집에 계실 때는 골프 채널을 즐겨보시거나, 주무시거나, 식사를 하시는 등 주로 거실에서 생활하신다. 동생의 경우에는 공무원 시험 준비로 인해 종일 방 안에서 공부를 하고 있으며, 나는 주로 내 방에서 오디션 지원을 하거나 배우 훈련을 하고 있다. 바깥의 출입은 식사와 화장실 및 간단한 볼일로 인할 뿐이다. 어쨌든 이렇게 우리 삼부자는 각자의 공간에서 자신만의 리듬으로 편안함을 느끼며 생활하고 있다.

서로 겹치는 공간에 대해선 주로 아버지의 룰을 따르는 편이다. 앞서 언급한 부엌과 화장실 사용이 이에 해당하는데 이 모든 것에는 아버지가 어렸을 때부터 강조하셨던 배려가 뒤따른다. 간단히 말해 '뒤에 사용할 사람을 위해서'라는 모토가 생활화되어 있는 것이다. 서로 편안함을 느끼는 각자의 공간과 겹치는 공간에서의 배려. 집에서의 생활을 요약해 본다면 이렇게 정리할 수 있겠다. 혹자가 보기엔 살기만 같이 살지, 정이 없어 보여 너무하다는 생각이 들지도 모르겠다. 그러나 실상은 다르다. 평소 과묵하신 아버지는 우리에게 무언의 응원을 통해 믿음을 보여주고 계시며, 이따금 끓여주시는 된장찌개는 그야말로 일품이다. 나 역시 집에서 여러 가지 요리를 즐겨 해 먹는 편인데 그럴 때마다 동생의 방문을 열어 만든 음식들을 전달해 주기도 한다. 이 밖에도 눈에 보이는 집안일은 서로서로 오가며 하는 편이다. 이러한 것들이 정을 통하는 우리 집 나름의 소통 방식이지 싶다. 큰 대화는 없지만 소소한 왕래와 무언의 배려. 우리 집은 이러한 삶을 사는 조용한 가족이다. 화기애애한 어머니가 집에 계실 경우를 제외하면 말이다.

어쩌다 한번 술기운을 빌려 아버지와 어머니께 사랑한다고 말했던 순간이 떠오른다. 돌아온 건 어머니께서 보내주신 장문의 메시지와 아버지의 침묵. 평소 과묵하신 아버지를 떠올리면 당연하지 싶다.

그 후 한참이 지나 대학로에서 극단 선배님들과 회식을 하고 있을 무렵 문득 아버지로부터 전화가 걸려 왔다. 아버지는 담백한 어조로 그간 지켜보며 하고 싶은 말씀을 이어가시다가 문득 사랑한다고 말씀하셨다. 무뚝뚝한 아버지의 입에서 처음으로 그 말을 들었던 순간. 마음이 뜨거운 무언가로 차오르며 눈시울이 붉어졌다. 예상치 못한 단어에 당황하기도 했지만 그만큼 자식들을 향한 아버지의 마음이 더욱 생생하게 느껴졌다. 당시에는 어색했지만 '사랑한다는 말' 전해드리길 참 잘했다는 생각이 들었다.

언젠가 한 번은 좋은 술을 선물 받아 공부하는 동생의 방문을 어렵사리 노크했다. 어느새 비어버린 술병. 무슨 용기가 났는지 아버지께 전화를 걸어 진열장 안의 술을 먹어도 되느냐 여쭈었고 곧이어 도착하신 아버지도 술자리에 합류하셨다. 좁은 내 방 안에서 새벽까지 술을 마시며 그간의 못 했던 이야기를 풀어놓았던 날. 술에 취해 흐릿한 기억이지만 그날 난 처음으로 아버지와 함께 활짝 웃으며 사진을 찍었다. 핸드폰 화면 안 아버지와 나. 둘이서 활짝 웃고 있는 모습. 아버지는 환한 미소를 띠시며 손가락 브이 포즈를 하고 계셨는데 사진 속 그 모습을 보니 이상하리만큼 마음이 벅차올랐다. 그 이후 친구들과의 술자리에서 가족 이야기가 나올 때면 그 사진을 훈장처럼 꺼내어 보이며 자랑하곤 한다.

너희들 이런 사진 있느냐고 자신 있게 말하면서.

오늘도 우리 가족은 서로의 공간에서 하루를 시작하고 마무리한다. 그런 우리의 곁에서 활기찬 에너지를 발산하시는 어머니 덕분에 때때로 서로의 경계가 허물어지기도 하니 참으로 절묘한 조합이다. '대화가 많아야 화목한 가정이다.'라는 말이 있지만 내 생각에 꼭 그런 건만은 아니지 싶다. 우리는 이렇게 서로의 공간 안에서 편안함을 느끼며 서로를 위하는 마음으로 살아간다.

지금의 변 2023년 여름.

서로의 공간을 침범하지 않던 우리 가족에게도 변화의 바람이 불어온 적이 있었다. 바로, 동생이 아버지와 대화하는 시간을 늘려가기 위해 노력하기 시작한 것이다. 나 또한 이에 질세라 제로미터를 목표로 가족 간의 거리를 좁혀나가기 위해 노력했지만 쉽지 않았다. 현재는 제로 미터를 향해가자고 했던 다짐은 멈춘 상태다. 가족이라도 적당한 거리를 둘 때 그 안에서 편안함을 느낄 수 있다는 것을 인지하고 있기 때문이다. 뭐든 억지로 무언가를 하기보단 자연스러운 게 좋을 것 같다는 생각이며, 앞으로도 부자연스럽게 그 거리감을 깨뜨

리려고 하지 않을 것이다. 하지만 대화의 방식에선 나름 큰 발전이 있었다. 2021년 부모님과 처음으로 떨어져 살기 시작하면서부터 그동안 거의 없었던 전화 통화도 가끔씩 하며 안부를 묻는다. 부모님 댁에 찾아뵐 때면 필요한 건 없으신지 이야기를 나누는데, 그 모습이 예전에 비해선 꽤 자연스러운 편이다. 여기엔 동생이 결혼을 하며 생긴 아이들과 제수씨의 몫도 상당하다.

며칠 전 사촌 동생의 결혼식이 있어 한참 나갈 채비를 하고 있을 때였다. 이때 걸려 온 아버지의 전화. 갈 때 집에 들러서 자신을 태워 가라는 것이었다. 생각지도 못했던 일이라 잠시 주춤했지만 서둘러 준비하여 아버지를 모시고 예식장으로 향했다. 우린 올해 나눌 모든 양의 대화를 차 안에서 차분하게 나누었고 내용은 대략 이러하다.

"뭐든 각자 마음 편하게 지내는 게 우선이다. 각자의 환경에서 편안하게 지내며 가끔 안부를 주고받는 지금도 좋다고 생각한다. 앞으로도 억지스럽지 않게 편안하게 지내고 결혼도 나이 생각하지 말고 신중하게 잘 결정해라."

비록 제로 미터를 향하는 계획은 실패했으나 서로를 이해하고 배려하는 모습은 변함이 없기에, 나는 우리 부자지간의 관계에 만족하고 있다. 아버지의 말씀처럼 자연스럽게 서로에게 다가가는 관계에서 편안함을 느낀다면 이로써도 충분하다고 생각한다.

I like green

2013년 여름.

"넌 무슨 색을 좋아하니?" 어려서부터 참 많이 들었던 질문이다.

'나는 무슨 색을 좋아하지?'

바로 답이 나오지 않아 한참을 생각해 보면 흰색, 파란색, 검은색 등등 여러 가지 색깔이 머릿속에서 맴돌다가 결국은 흰색이 입 밖으로 나왔다. 왜인지는 모르겠다. 그냥 흰색이 가장 무난하고 좋을 것 같았나 보다. 그 당시엔.

이처럼 다른 사람들은 어떨지 모르겠지만 나는 심히 우유부단하여 하고 싶은 말이나 해야 하는 의사 표현을 제대로 전하지 못했다. 부탁이나 거절의 말을 거의 해 본 적이 없으므로. 상대방이 곤란해하는 모습을 보고 싶지 않을 뿐 아니라 나를 싫어하게 될지도 모른다는 생각에 거절의 의사를 밝히기가 꽤 힘들었다.

고등학생 시절, 주말에 모처럼 집에서 한가롭게 쉬고 있는데 한 통의 전화가 걸려 왔다.

"야, 동대문 같이 가자."

수원에 살고 있는 나에게 동대문은 가까운 거리가 아니다. 더군다나 전화를 받은 시간은 오후 3시로, 다녀오기엔 애매한 시간이라 머릿속에선 이미 '아니 그냥 집에서 쉴 거야.'라는 말을 떠올렸지만, 정작 입에서 흘러나온 말은 "응. 알겠어. 이따 보자."였다. 그렇게 난 그다지 가고 싶지 않았던 동대문을 친구와 함께 다녀오고 말았다.

또 하나의 일화가 있다. 작년이었을까? 단편 영화를

함께했던 감독님께 한 통의 전화를 받았다. "단편 영화를 기획하고 있는데 같이 한번 해볼래?" 흔치 않은 기회라 승낙 후에 시나리오를 완성하여 보여드렸는데 감독님께서는 이야기가 너무 정직하다며 다른 방향으로 써 보길 권하셨다. 그러나 나는 감독님께서 제시해주신 방향이 마음에 들지 않았고, 그렇게 한동안 감독님의 전화를 받지 않았다. 바로 거절하고 싶었으나 이미 진행한 부분이 있어 거절의 시기를 놓쳤다고 생각했다. 전화를 받지 않는 행동이 내가 할 수 있는 최소한의 의사 표현이었던 것이다. 결국 감독님은 어른답지 못한 나의 태도에 분노하셨고, 그렇게 감독님과 사이가 멀어지고 말았다. 참으로 바보 같다. 외면하기보단 거절의 말 한마디를 건넸다면 이런 일이 없었을 것을. 그저 피하고만 싶었나 보다. 피하면 자연스레 해결될 거라 생각했다. 하지만 당연하게도 시간이 지날수록 상황은 악화되었고, 그때 받았던 극심한 스트레스는 말로 표현할 수 없다.

'바보 같은 행동 때문에 사람을 잃었다.'

그 이후. 선택의 순간이 오면 힘들지만 생각했던 말

을 그대로 뱉어내려 노력한다. 당장은 거절당한 상대의 기분이 나쁘겠지만 길게 본다면 차라리 빠르게 해결하는 편이 백번 낫다. 그 이후에 닥칠 책임지지 못할 폭풍우와 자책감으로 괴로워하느니.

다시 본론으로 돌아와서, 누군가 나에게 "넌 무슨 색을 좋아하니?"라고 물으면 이제는 "녹색."이라고 담담하게 대답한다. 왜라고 물어본다면? 내 옷장엔 거의 절반이 녹색 계통의 옷들이기 때문이다. 불행하게도 말이다. 여기서 '불행하게도'란 옷의 절반이 녹색인 터라 외출하기 위해 입을 옷을 선택할 때면 그나마 녹색과 어울리는 몇 개 없는 무난한 컬러의 옷들을 돌려 입기 때문이다. 다른 색의 옷을 사면 바로 해결될 일이 아니냐고? 나 역시 그러고 싶다. 하지만 막상 옷 가게에 갔을 때 녹색 계통의 옷에 눈이 먼저 가는 건 어쩔 수 없나 보다. 분명 다른 색의 옷을 사러 들어갔는데 나올 때 내 손에 들려있는 건 온통 채도가 다른 녹색의 옷들뿐이다. 하지만 어떤가. '내가 좋아하니 뭐 어쩔 수 없지.'라고 생각해야지. 적어도 점원이 추천하는 애매한 것들에 지지 않고 당당히 내 의지대로 사 왔으니 말이다.

지금의 변 <small>2023년 여름.</small>

    부끄러운 이야기지만 그때의 나는 거절하는 방법을 몰랐으며 회피하기에 급급해 사건들을 키워왔다. 모두에게 사랑받는 예스맨이 되고 싶었던 걸까? 감독님과의 사건에선 솔직한 심정을 털어놓았다면 아무런 문제가 없었을 텐데, 왜 그렇게 행동했는지 지금으로선 이해되지 않는다. 단순한 의사전달일 뿐인데. 혹여 나의 거절이 감독님께 부정적으로 비쳐 앞으로 진행될 영화 캐스팅에도 영향을 미치진 않을까 걱정했던 것 같다. 그 걱정으로 인해 감독님과의 인연이 잘려버린 것이고. 10년이 지난 지금, 다행히 감독님꾀 다시 연락이 되어 안부를 주고받고 있다. 한번은 그때의 일을 기억하시냐며 슬쩍 여쭤봤었는데 감독님은 "그랬었나?"라며 잘 기억이 안 난다고 하셨다. 연락이 뜸했던 시절을 떠올리시는 것 같았지만 그다지 중요한 일은 아닌 것 같다는 목소리였다. 다행이지 싶어 말을 아끼고 싶었지만, 그때의 실수를 사과드리고 싶은 마음에 다시 차근히 그때의 일을 말씀드렸다. 그러자 또다시 돌아오는 말은 "그랬었나?"

지금 생각해 보면 그때의 행동은 내가 봐도 애매하고 답답해서 나마저도 나와 같이 일하고 싶지 않다는 생각이 든다. 그럼에도 많은 기회를 준 주변 지인분들께 감사의 말을 전하고 싶다.

그때의 감독님과의 사건을 계기로 나는 좋고 싫은 마음을 분명하게 말할 수 있게 되었다. 오히려 이따금씩 차갑게 건네는 나의 말에 사람들이 베일 지경이라고 한다. 아무튼, 10년 전 그때로 돌아가서 감독님께 거절의 의사표시를 한다면 이런 식이 되지 않을까 싶다.

'감독님 안녕하세요. 저를 생각해주시고 기회를 주

서서 진심으로 감사합니다. 말씀해주신 방향으로 이야기를 수정해봤지만 제가 쓴 이야기를 스스로 공감할 수 없기에 저는 이번 작업을 함께하지 못할 것 같아요. 혹시 다른 방향의 수정 아이디어를 제안해 주신다면 다시 생각해 보고 싶습니다. 부족한 저인데 이렇게 중요한 제안을 해주셔서 진심으로 감사합니다.'

막상 이렇게 써놓고 보니 만족스럽지 못하다.
글로 애매하게 표현할 바엔 차라리 전화를 드리는 편이 좋다고 생각한다.

녹색에 대한 나의 사랑은 10년 동안 변함없이 한결같다. 현재 방안의 식물들부터 자동차 리모컨 커버까지 녹색은 나의 생활 곳곳에 배치되어 있다. 하지만 옷장만큼은 예외다. 전과 달리 녹색이 아닌 다양한 컬러의 옷들이 옷장에 걸려있다. 봤을 때 좋은 색과 실제 착용했을 때 어울리는 색의 구분을 몇 년 전부터 하게 되었기에, 이제는 옷을 사러 갈 때면 어울리는 색을 고르려고 노력하고 있다. 물론 여전히 나도 모르게 녹색 계통의 옷을 슬며시 만지는 나를 발견할 때가 있지만 말이다

조각모음

2013년 여름.

    얼마 전 맞이한 서른 번째 생일. 최근 들어 왕성하게 활동 중인 기타 동아리에서 일주일이나 시간을 들여 준비해준 깜짝파티는 눈치채고 있었음에도 불구하고 큰 감동이었다. 자존감이 낮은 요즘이었는데 나란 존재를 위해 이벤트를 준비해주다니. 준비해 준 모든 것들에 고심했던 흔적과 마음이 세세하게 녹아있어 슬쩍 눈물이 났다. 많은 사람들에게 생일 축하를 받아보았던 때가 언제였던가. 먼지로 뒤덮인 채 잠들어 있을 기억을 이렇게 멋진 추억으로 새로이 백업시켜준 친구들에게 다시금 감사의 인사를 전하고 싶다.

모두의 축하를 받으며 즐겁게 웃고 떠들던 그 시각. 관계의 조각들이 모이기 시작했다. 컴퓨터 디스크 조각 모음과 같이 그간 연락이 없었던 지인들로부터 생일 축하 메시지가 차곡차곡 전달되고 있던 것이다. 그간 연락하기 애매한 상황에 놓였던 사람들도, 평소 바쁜 탓에 연락할 타이밍을 놓친 사람들도, 매번 보자고 해놓고 못 보았던 사람들도 모두가 작은 조각이 되어 생일을 기점으로 모여들기 시작한다. 그들의 암호명은 이러하다.

'너의 생일을 진심으로 축하해.'

암호명을 대고 그들은 작은 조각이 되어 핸드폰의 어느 공간으로 뭉쳐진다. 그 조각모음의 진행 속도는 생일을 기점으로 80%의 목표치를 갱신하고 3~4일이 지난 후에 완료되곤 한다. 이 모든 것이 끝나면 나는 슬며시 너의 인간관계에 대해 돌아본다. 일 년에 한 번 있는 이 조각모음은 그간 내가 사람들에게 대했던 모든 면들을 대변해 준다. 올해는 작년과 비교했을 땐 큰 변화는 없었지만 이번 조각모음에 참석하지 못한 사람들을 떠올리면 죄송스러운 마음이다. 그만큼 그분들에게 소홀했다는 증거이기 때문에. 그 어떤 핑계를 대보아도 핑계는 핑계일 뿐 내가 했던 행동들로 인한 결과는 달라지지 않는다. 그렇게 잊혀가나 싶던 어느 날, 문득 한 통의 전화가 걸려 온다.

그동안 잘살고 있었느냐고.
한번 봐야 하지 않겠느냐고.

그 순간 세상의 모든 죄는 다 내 탓이라는 죄책감이 밀려들어 고개 숙여 어렵사리 말을 잇는다. '먼저 손 내미는 것이 그렇게도 어려웠을까?'

먼저 전화를 걸거나 어떠한 연락을 취했다면 미안한 마음보단 정겹고 따뜻한 마음이 넘쳐났을 텐데. 알면서도 실천하지 못했던 내가 참으로 어리석다는 생각이 든다. 물론 모두를 챙기기엔 어려운 부분이 많다. 하지만 문득문득 떠오르는 사람들에게 전화를 걸어 안부를 묻는 일은 간단한 행동으로 실행할 수 있다. 이 간단한 행동을 그동안 미뤄왔다니.

이 글을 쓰며 행동이 따르지 못하고 마음만 먹었던

그간의 일들을 반성해 본다. 그리고 다짐한다. 나의 소홀함으로 인해 사랑하는 사람들이 떠나지 않기를, 한철의 사랑과 우정이 아니기를, 시간이 지날수록 짙어지는 인연을 건사하기를.

지금의 변 2023년 여름.

곧 있으면 마흔 번째의 생일이다(만 나이를 적용하게 되어 애매하지만). 지난 서른 살의 생일을 어떻게 지냈는지 잊고 있었던 차에 그때의 기타 동아리 친구들이 떠올라 다시금 감사한 마음이 들었다. 다들 어떻게 지내고 있을까. 대부분 연락을 못 한 채 살아왔다는 사실에 미안한 마음이 들지만, 선뜻 다시 연락하기엔 이미 먼 시간을 보내왔는지도 모른다는 생각에 씁쓸하다.

생일이면 많은 사람들로부터 연락을 받는다. 평소 가깝게 지내고 있는 지인들부터 일 년에 한 번 생일을 기점으로 연락하는 인연들까지. 해주신 연락들에 진심을 담아 답장하고 있으려니 슬그머니 힘들다는 생각이 들기도 하지만, 기억하고 찾아주신 마음에 감사함이 더욱 큰 요즘이다. 위의 글과 같이 스스로만 생각했던 지난날을 반성하며 나의 소홀함으로 인해 멀어진 분들에게 죄송한 마음을 전하고 싶다. 어쩌면 계절이 바뀌는 것과 같이 자연스러운 현상이라고도 생각하지만 말이다. 시간이 지날수록 가깝다고 생각하는 친구의 숫자가 점점 줄어든다는데 한편으론 소중한 사람들이 떠나는 데는 이유가 있지 싶다. 그건 바로 나 자신. 스스로의 삶의 무게를 짊어지느라 소중한 사람들이 떠나가는 것을 인지하지 못하는 건 아닐까 싶어서 마음이 무겁다. 정작 주변을 둘러봤을 때 아무도 없다고 상상하니 아찔하다. 놓쳐버린 무언가를 아쉬워하기보단 주변을 둘러보며 감사한 삶을 살고자 한다.

  10년이 지난 지금은 SNS로 서로의 소식을 수시로 알 수 있어 좋다. 여전히 지금도 통화 버튼을 누르면 연결이 되는 간단한 일을 미루고 있지만 여러 소통의 방법들로 연락을 취할 수 있어 그나마 다행이라고 생각한다.

신발 끈을 묶을 최적의 타이밍

2013년 여름.

    약속 시각은 다가오는데 보던 영화를 긴장감에 차마 끌 수 없었다. 아직 여유가 있었기에 조금만 더 본다는 것을 시계를 보니 예상했던 출발 시간을 넘겨 마음이 철렁한다. 미친 듯이 화장실로 뛰어가 잽싸게 씻고 헐레벌떡 옷을 입지만 그날따라 옷의 매치가 마음에 들지 않는다. 결국에는 손에 잡히는 것들을 서둘러 입고는 신발을 구겨 신고 집을 나선다. 엘리베이터의 버튼을 누름과 동시에 엘리베이터가 맨 꼭대기 층에 머물러 있다는 것을 확인하곤 마음이 초조하다. 1초. 2초. 3초. 시간이 지나도 내려오지 않음에 왜 하필 내가 늦을 때만 맨 꼭대기 층에서 내려올 생각을 하지 않는지 원망스럽다. 한 층, 한 층 내려올 때마다 줄어드는 숫자를 째려보며 빠르게 치솟는 분노 수치를 애써 억누른다. 천 년 같은 시간이 지나고 열린 엘리베이터의 안에는 이상하게 아무도 타고 있지 않다. 그렇다면 그 위에서 오랜 시간 머물렀던 엘리베이터는 누구의 소행이었던 것일까? 더 이상 생각해 볼 여유도 없이 1층의 문이 열리자마자 내 몸은 팽팽히 당겨진 활시위에서 벗어난 화살처럼 빠르고 정확하게 버스정류장으로 향한다.

그렇게 한참을 달리는 도중 신발 끈이 풀어졌다.

'지금 멈춰 서서 묶어야 하나? 잠시라도 지체하면 끈을 묶다가 버스를 놓치는 상황이 발생할 텐데. 당장 안 묶어도 달리는 데 지장 없겠지? 설마 풀어진 끈에 밟혀 넘어질까?' 몸은 빠르게 달리면서도 머릿속은 평온하게 이런저런 상황을 계산 중이다. 목표지점을 몇 미터 앞두고 횡단보도를 바라보니 아직 신호는 바뀌지 않았다. 전속력으로 달려가 천천히 호흡을 고르며 신발 끈을 묶는다. 정확히 신발 끈을 묶자마자 바뀌는 신호. 아무 일도 없었다는 듯 때마침 도착한 버스를 타는 것으로 이 모든 상황은 종료되었다. 좌석에 앉아 모든 것이 운이 좋았다고 생각했을 무렵 나에겐 여러 가지의 상황이 경우의 수처럼 존재하고 있었다는 것을 깨닫는다.

1. 뛰어가는 도중에 멈춰 서, 신발 끈을 묶고 횡단보도에서 신호가 바뀌길 기다린다. 그러다 눈앞에 버스가 지나가고 있는 것을 보고 좌절한다.

2. 뛰어가는 도중에 신발 끈을 묶지 않고 횡단보도에서 신호가 바뀌길 기다린다. 그런데 집에 지갑을 놓고 왔다는 사실을 깨닫고 좌절한다.

3. 뛰어가는 도중에 신발 끈을 묶지 않고 전속력으로 달려가서 목표지점인 버스정류장에 도착한다. 그러나 긴 배차간격으로 인해 버스를 한참이나 기다려야 하는 상황을 마주하고 좌절한다.

실제 계산해 본다면 그보다 훨씬 많은 경우의 수가 존재할 것이다. 내가 원하는 답은 늦지 않게 버스를 타는 것이지만 운에 기대기엔 턱없이 낮은 수치. 그럼에도 운에 기댄 채 여태껏 버스정류장으로 달렸다. 나가

기 전 하고 있던 일을 놓지 못하고 미적거린 이유로. 단
칼에 자르고 예상 시간에 맞추어 모든 준비를 마치고
집을 나섰더라면 내려오지 않는 엘리베이터도, 도중에
풀린 신발 끈도, 제시간에 오지 않는 버스도 여유롭게
기다릴 수 있었을 텐데. 머릿속으론 충분히 알겠으니
다음부턴 늦지 않는다고 다짐하지만 막상 나갈 시간이
되면 또다시 미적거리고 있는 나.

지금의 변 _{2023년 여름.}

그때는 정말 무던히도 달렸다. 하던 일을 멈추지 못
하고 조금씩 미루며 미적거렸던 기억. 여유 있게 마치
고 출발하면 됐을 것. 약속 장소로 향하는 동안 나를
지체시키는 그 모든 것들을 원망하며 부리나케 뛰었다.

현재는 도착지까지 소요될 시간을 여유롭게 계산해
출발 시간을 정해놓고 그 안에서 움직인다. 늦지 않기
위해 해야 할 행동은 분명한데 당시엔 내려놓지 못하고
결국엔 늦어버려 기다리는 사람의 소중한 시간을 소모
했다. 늦지 않을 거란 과신과 멈출 줄 모르는 욕망에서 비롯된 행동이었기에 이제는 상대에게 피해를 주지 않기 위해서라도 여유 있게 나가려고 노력하는 편이다.

과신과 욕망은 대부분 후회를 낳기에 최대한 자제하며 살아가고자 하나, 지금도 가끔 멈추지 못하고 그릇된 선택을 할 때가 있다.

2022년 5월, 연출하고 있던 단편 영화 촬영장에서의 일이다. 광교 호수공원에서 중요한 장면을 촬영하려 했으나 도착해서 보니 개구리가 시끄럽게 울어 결국 시간만 허비하고 계획된 촬영을 하지 못했다. 영화의 촬영 회차가 정해져 있기에 안절부절못했던 나는 결국 고심하여 시나리오를 수정하여 모두에게 공유했지만 돌아오는 답은 이런 식으로 바뀌면 안 된다는 것이었다. 당시에는 수정된 내용에 문제가 없다고 생각했기에 씁쓸했지만 결국 다수의 의견을 수용하여 현재 살고 있는 오피스텔 근처의 공원에서 촬영을 마쳤다. 영화를 완성한 지금, 다시 생각해 보니 그때 말을 듣길 천 번, 만 번 잘했다. 당시의 수정된 내용으로 촬영을 이어갔다면 완성된 영화는 처음에 계획한 내용과 주제에서 한참을 벗어나 누구에게도 보여주기 부끄러운 영화가 되었

을 것이 분명했다. 과신과 욕망을 멈추고 차분하게 현
실을 바라보자. 늦지 않기 위해 뛰는 일은 이제는 그만.

거대한 흐름 앞에 놓여있는 순간임을 직감했다

2023년 여름.

써놓은 글을 잊고 지낸 지 10년. 우연히 듣게 된 문학 수업을 계기로 외장 하드에서 글을 꺼내 조각모음을 하듯 글을 수정하여 출판사에 투고를 마친 요즘. 글을 쓰고자 결심한 후 모든 일들이 우연처럼 맞아떨어지는 미세한 기적을 느꼈다. 그리고 알 수 있었다.

'나는 현재 거대한 흐름 앞에 놓여있다는 것.'

설명해 보자면 사람의 힘으론 영향을 미칠 수 없는 거대한 파형의 곡선 그래프 안에 작은 점으로 존재하고 있는 상태. 그 안에서 나는 어떠한 개입도 할 수 없으며 그저 그래프의 파형에 몸을 맡긴 채 조금씩 좌측에서 우측으로 떠밀려간다. 그 과정에서 단지 미세한 기척을 느끼며 다가올 위협과 안도의 순간을 대비할 뿐. 계획하고 실행하는 일들은 내 의지로 실현이 가능하나 그 결과만큼은 그래프의 파형에 의존할 수밖에 없는 것이다. 그렇게 떠밀려가고 있을 무렵 과거의 일들을 하나씩 떠올려보며 그에 대한 인과관계를 생각해 보았다.

10년 전 글을 썼던 순간부터 우연히 듣게 된 문학 수업. 그리고 다시 시작된 글쓰기와 출판사의 원고 투고까지.

우연한 계기로 인해 다시 글을 쓰게 된 것만으로도 놀라운 일이라 생각하지만, 조금 전 기다리던 출판사로부터 출간 제의를 받은 후로는 대체 무슨 일을 저지른 건지 알 수 없을 정도로 현실 감각이 없다. 지금까지의 과정에서 미세하게 느꼈던 기척은 곡선 그래프 안에서의 출간에 대한 신호였던 것이다. 글을 정리하며 자연스럽게 주어진 삶을 맞이하자고 다짐했지만 이내 내 마음은 또다시 일렁인다. 생각을 멈추고 그저 흐름에 몸을 맡겨야지 싶다.

거대한 파형의 곡선 그래프 안에 놓인 작은 점과 같은 나. 그래프의 끝에선 적어도 감당할 수 있는 범위 안의 지점에서 깜박이길 바라며 그렇게 떠밀려갈 뿐이다.

바다 한가운데서 떠돌다가 우연히 발견한 부표를 감싸 안고 육지로 향하길 바라는 지금.

시작된 모든 일에 끝은 있다. 스스로를 위한 글쓰기의 시작점에서부터 출판사의 출간 제의를 받은 현재의 상황에 이르기까지. 기다렸던 일이 분명했지만 눈앞의 현실로 다가온 지금에서는 오히려 더욱 아득하게 느껴진다. 나는 과연 이 모든 과정을 순조롭게 마치고 독자에게 글을 전할 수 있을까?

살면서 청사진을 그려본 적이 있다. 지금을 예로 든다면 출판사와 계약을 완료하고 출간 후 책의 성과로 인해 TV 프로그램 〈유 퀴즈 온 더 블럭〉에 출연해 본다는 허무맹랑한 상상. 하지만 이런 식으로 그려지는 청사진은 거의 높은 확률로 삶의 파쇄기에 흔적도 없이 사라져 남은 거라곤 미련과 아쉬움뿐일 때가 많다. '이번엔 다르겠지.'라는 어렴풋한 희망도 품을 수 없는 현재의 나. 앞으로의 나는 어떠한 미래를 마주할 것인가? 아무래도 생각을 멈춰야겠다. 불면증의 사이클과 같은 생각의 꼬리잡기를 하고 있는 것의 부질없음을 알기에 다시금 마음을 다잡고 거대한 그래프의 파형이 나를 어딘가로 떠밀어주길 길 바란 채 이 시간이 끝나길 바랄 뿐이다.

현재 시각 오후 4시 34분. 머릿속이 좀처럼 비워지지 않아 클라이밍 센터를 찾았지만 마음이 심란하여 결국 집으로 돌아왔다.

출판사 관계자와의 통화를 통해 출간에 관한 미팅 일정을 논의한 지금. 앞으로의 그래프의 파형은 어떨지 예측할 순 없지만 하루하루 주어진 할당량을 성실히 채우며 앞으로 나가고자 각오를 다진다. 이 모든 것이 끝난 후 난 무엇을 보게 될까?

드라마 캐스팅 제의를 받고 며칠간 연락이 없어 단념하던 와중에 한 통의 전화를 받았다. 출연이 확정되었다는. 다음 주 월요일 어색했던 드라마 현장에 오랜만에 나가게 되었다. 최근의 마음 상태로는 피하고만 싶었던 드라마 현장인데 무언가 조금은 마음의 상태가 달라진 것 같은 기분이다. 온전히 받아들이고자 생각한 탓일까. 다음 주 월요일의 현장에선 과거와 달리 무사히 촬영을 마치고 돌아올 것만 같은 기분이 든다. 책의 출간으로 향하는 여정에서도 그 끝을 알 순 없지만 다가오는 매 순간들을 자연스럽게 마주하며 차분하게 진심을 담고자 한다.

지금의 변 2023년 여름.

    낯선 드라마 촬영 현장에 적응이 어려워 대사를 밤낮으로 입에 붙였던 과거와는 달리 이번엔 역할을 준비하며 마인드 컨트롤에 시간을 더 많이 할애했다. 그중에는 이 책의 「승률 0%」에서 언급했던 '주변의 모든 것들은 크기나 가치와는 상관없이 그저 도로 위에 존재하고 있었다.'라는 문장이 큰 힘이 되었다. 촬영 당일 아침. 전라남도 장흥으로 내려가는 일정이라 먼 거리에 출발부터 걱정되었지만, 오늘을 위해 준비했던 것들을 상기하며 촬영에 필요한 물건들을 챙기곤 책상에 앉아 조용히 생각했다.

'오늘의 나는 과거의 나와는 다르다.'

나는 이 사실을 진심으로 믿고 있으며 그 결단으로 평상시 손목에 늘 감겨있던 실 팔찌를 가위로 잘랐다. 일종의 상징과 같은. 그 결과 과거와 달리 조금은 여유 있는 모습으로 촬영을 마쳤다.

최근까지도 내 마음과 의지를 의심하며 한없이 나약하게만 일상을 보냈다. 어떤 방법으로든 현실 극복하고 싶었으나 매번 찾아오는 좌절로 인해 의지가 꺾여 이제는 스스로 무얼 할 수 있을까 한참을 생각했던 요즘. 뜻하지 않은 계기로 많은 것들이 조금씩 변화하고 있음을 느낀다.

우연한 계기로 과거의 글을 다시 꺼내어 현재의 시선을 더해 원고를 완성할 수 있었고 며칠 전 출판사의 미팅을 통해 계약을 마쳤다. 또한 매번 좌절감을 맛본 촬영장에서 몇 년 만의 안도를 느끼며 집으로 돌아오기까지. 할 수 없다고 생각했던 일들이 조금씩 앞을 향해 나아가고 있음을 느낀다. 앞서 언급한 인생의 그래프가 이끌었기 때문일까. 혹은 미약하지만 여전히 남아 있는 내 의지 덕분이었을까.

　뭐든 상관없다고 생각한다. 그저 자연스럽게 현재
를 살아가며 앞으로 맞이할 무언가를 따뜻한 시선으
로 바라보고 싶다. 날이 서 있는 각오와 스스로에 대
한 비난은 나에게 아무런 위로가 되지 못함을 이제는
안다. 스스로에게 하는 다독임과 위로가 이렇게나 쉬
웠음을 진작 알고 있었지만 받을 자격이 없다고 생각
했던 지난날의 나 자신을 조용히 잠재우며, 창밖에 불
어오는 바람과 같이 그저 자연을 닮은 형태로 존재하
길 바랄 뿐이다.

에필로그

 10년 만에 외장 하드에 써둔 글들을 다시 읽어보며 잠시나마 전 그때 그 시절로 돌아갈 수 있었습니다. 지난날, 세상을 바라보는 관점들을 다시 돌아보고 있자니 후회와 아쉬운 마음이 들기도 하지만, 애써준 그때의 내가 있어 그나마 지금의 내가 존재한다는 생각에 이 모든 순간을 마주하게끔 버텨준 그 시절 나에게 고마움을 느끼기도 했습니다.

 지금도 두려움과 불안은 제 일상 곳곳에 자리해 있지만 신기하게도 이 글을 정리하며 스스로를 마주하는 순간만큼은 평온하고 고요했습니다. 이게 바로 글쓰기의 즐거움이 아닐까 생각해 봅니다.

 '끝이 없는 고민과 무용한 생각들로 스스로를 채우고 있을 때쯤 찾아온 계기.'

10년 전에도, 지금도 여전히 끝이 없는 고민과 씨름하고 있지만 그때보다는 여유롭게 대처할 수 있음에 감사했습니다. 혹은 그런 척을 하고 있는 것일지도 모르지만요. 가끔씩 찾아오는 희망의 씨앗을 애써 외면하며 최악을 생각했던 때도 많았습니다. 그 모든 것이 한순간에 날아가 신기루처럼 없어질 때를 대비한 나름의 방법이었지만 이제는 느껴지는 대로 자연스럽게 매 순간들을 맞이하고 싶습니다.

　이 글을 마무리하는 지금도 놓쳐버린 인연들에 대한 아쉬움에 후회가 남지만 어쩌면 날씨의 변화와 같이 자연스러운 일이라고 여기며 스스로를 위로하고 있습니다. 10년의 세월을 지나오며 시절을 함께했던 모든 분께 감사한 마음을 담아 인사를 건네며 글을 마무리하고자 합니다.

글의 마무리까지 힘써주신 편집장님과 출판사 대표님, 도움 주신 모든 분께 감사의 마음을 전하며, 끝나지 않을 것만 같은 긴 터널의 끝에서 우리 모두가 평화롭고 안온하길 소망합니다. 우린 모두 존재하는 것만으로도 충분한 의미가 있다는 걸 잊지 않았으면 합니다. 오늘도 주어진 일상의 순간마다 자신만의 형태로 한 걸음을 내딛는 모든 분께 응원의 말을 전하고 싶습니다. 읽어주신 분들께 다시 한번 감사의 인사를 드리며, 어디선가 마주친다면 소소한 안부를 나눌 수 있기를 기대합니다. 그럼 안녕히.

순간의 순간들

초판 1쇄 인쇄	2023년 11월 10일
초판 1쇄 발행	2023년 11월 24일

지은이	감승민
펴낸이	이장우
편집	송세아 안소라
디자인	theambitious factory
마케팅	시절인연
제작	김소은
관리	김한다 한주연
인쇄	금비PNP
펴낸곳	도서출판 꿈공장플러스
출판등록	제 406-2017-000160호
주소	서울시 성북구 보국문로 16가길 43-20 꿈공장 1층
이메일	ceo@dreambooks.kr
홈페이지	www.dreambooks.kr
인스타그램	@dreambooks.ceo
전화번호	02-6012-2734
팩스	031-624-4527

* 저자 고유의 '글맛'을 위해 맞춤법 및 표현 등은 저자의 스타일을 따릅니다.

ISBN	979-11-92134-51-2
정가	16,700원